Eduard von Keyserling

Dumala

dearbooks

Eduard von Keyserling

Dumala

ISBN/EAN: 9783954556779

Eduard von Keyserling: »Dumala«, Erstveröffentlichung 1908. Die Orthografie wurde der neuen deutschen Rechtschreibung angepasst und die Interpunktion behutsam modernisiert.

Auflage: 1

Erscheinungsjahr: 2014

Erscheinungsort: Bremen, Deutschland

© dearbooks in Europäischer Literaturverlag GmbH, Fahrenheitstr. 1, 28359 Bremen. Alle Rechte beim Verlag und bei den jeweiligen Lizenzgebern.

Printed in Germany

Cover: Fritz Müller-Landeck: »Winterabendsonne«, o. J.

Dumala

Der Pastor von Dumala, Erwin Werner, stand an seinem Klavier und sang:

»Der Nebel stieg, das Wasser schwoll,
Die Möwe flog hin und wied-e-r«

Er richtete seine mächtige Gestalt auf. Sein schöner Bariton erfüllte ihn selbst ganz mit Kraft und süßem Gefühl. Es war angenehm zu spüren, wie die Brust sich weitete, wie die Töne in ihr schwollen.

»Aus deinen Augen liebevoll
Fielen – die Tränen – nie-ie-der.«

Er zog die Töne, ließ sie ausklingen, weich hinschmelzen. Seine Frau saß am Klavier, sehr hübsch mit dem runden rosa Gesicht unter dem krausen aschblonden Haar, hell beleuchtet von den zwei Kerzen, die kurzsichtigen blauen Augen mit den blonden Wimpern ganz nah dem Notenblatt. Die kleinen roten Hände stolperten aufgeregt über die Tasten. Dennoch, wenn ein längeres Tremolo ihr einen Augenblick Zeit ließ, wagte sie es, von den Noten fort zu ihrem Mann aufzusehen, mit einem verzückten Blick der Bewunderung.

Es war zu schön, wie der Mann, von der Musik hingerissen, sich wiegte, wie er wuchs, größer und breiter wurde, wie all das Süße und Starke, all die Leidenschaft herausströmten. Das gab ihr einen köstlichen Rausch. Tränen schnürten ihr die Kehle zusammen, und um das Herz wurde es ihr seltsam beklommen.

»Seit jener Stunde verzehrt sich mein Leib,
Die Seele stirbt vor Seh-nen –«

Die Stimme füllte das ganze Pastorat mit ihren schwülen Leidenschaftsrufen. Die alte Tija hielt im Esszimmer mit dem Tischdecken inne, faltete ihre Hände über dem Bauch, schloss ihr eines, blindes Auge und schaute mit dem anderen starr vor sich hin. Dabei legte sich ihr blankes, gelbes Gesicht in andächtige Falten.

Das ganze Haus, bis in den Winkel, wo die Katze am Herde schlief, klang wider von den wilden und schmelzenden Liebestönen. Sie drangen durch die Fenster hinaus in die Ebene, wo die Nacht über dem Novemberschnee lag; ja vom nahen Bauernhof antwortete ihnen ein Hund mit langgezogenem, sentimentalem Geheul.

»Mich hat das unglücksel'ge Weib
Vergiftet – vergiftet – –«

Die Fenster bebten von dem Verzweiflungsruf. Die Katze erwachte in ihrer Ecke, die alte Tija fuhr sich mit der Hand über das Gesicht und murmelte:

»Ach – Gottchen!«

»Vergiftet mit ihren Tränen.«

Die kleine Frau lehnte sich in ihren Stuhl zurück, faltete die Hände im Schoß und sah ihren Mann an.

Pastor Werner stand schweigend da und strich sich seinen blonden Vollbart. Er musste sich auch erst wieder zurückfinden.

Jetzt war es ganz still im Pastorate. Nur Tija begann wieder leise mit den Tellern zu klappern.

»Wie Siegfried!«, kam es leise über die Lippen der kleinen Frau.

»Wer?«, fuhr Pastor Werner auf.

»Du«, sagte seine Frau.

Werner lachte spöttisch, wandte sich ab und begann, die Hände auf dem Rücken, im Zimmer auf und ab zu gehen.

So war es jedes Mal, wenn er sich im Singen hatte gehen lassen, wenn er sich mit Gefühl vollgetrunken hatte. Dann kam der Rückschlag.

Man hatte geglaubt, etwas Großes zu erleben, einen Schmerz, eine Leidenschaft, und dann war es nur ein Lied, etwas, das ein anderer erlebt hat, und die Winde des Zimmers mit ihren Fotografien, die großen schwarz und rot gemusterten Möbel, all das beengte ihn, drückte auf ihn.

Seine Frau saß noch immer am Klavier und starrte in das Licht. Auch bei ihr war der schöne Rausch der Musik vorüber. Nur eine müde Traurigkeit war übrig geblieben. Sie dachte darüber nach, warum er sich geärgert hatte, als sie »Siegfried« sagte. Das kam oft so. Wenn sie ganz voll von Begeisterung für ihn war, dann war ihm etwas nicht recht, und er lachte kalt und spöttisch.

»Lene, essen wir nicht?«, fragte Werner.

Da fuhr sie auf.

»Natürlich! Gefüllte Pfannkuchen!«

Und sie lief in die Küche hinaus.

Am Esstisch unter der Hängelampe war alles Fremde und Erregende fort. Wenn es ihm schmeckte, war Pastor Werner gemütlich, das wusste Lene. Dann konnte sie ruhig vor sich hinplaudern, ohne berufen zu werden, dann hatte sie das Gefühl, dass er ihr gehörte.

»Die Baronin aus Dumala fuhr heute hier vorüber«, berichtete sie.

»So«, meinte Werner, und sah über das Schnapsglas, das er zum Munde führen wollte, hinweg seine Frau scharf an: »Nun – und?«

»Nun, ja. Sie hatte eine neue Pelzjacke an. Entzückend!«

Werner trank seinen Schnaps aus und fragte dann:

»Stand sie ihr gut, diese Jacke?«

Lene seufzte: »Natürlich! Diese Frau ist ja so schön!«

»Was ist dabei zu seufzen?«, fragte Werner. »Lass sie doch schön sein.«

»Weil ich sie nicht mag«, fuhr Lene fort, »deshalb. Sie will alle Männer in sich verliebt machen. Aber schön ist sie.«

Werner lachte. »Was für Männer? Die arme Frau pflegt ihren gelähmten Mann Tag und Nacht. Die sieht ja keinen. Eine neue Pelzjacke ist da doch eine sehr unschuldige Zerstreuung.«

»Dich sieht sie doch.« Lene nahm einen herausfordernden Ton an, als suche sie Streit.

Werner zuckte nur die Achseln.

»Mich!«

»Ja dich«, fuhr Lene fort. »Und du bist doch auch in sie verliebt, – etwas – nicht?«

Heute ärgerte das Werner nicht.

»Wenn du willst!«, meinte er.

Die kleine Frau durfte heute ruhig mit ihm spielen, wie mit einem großen, gutmütigen Neufundländer. Ein wenig schweigsam war er, aber das pflegte er am Sonnabend immer zu sein, wenn die Predigt ihm im Kopfe herumging.

Nach dem Essen saß das Ehepaar am Kaminfeuer. Durch das Fenster, an dem die Läden offen geblieben waren, schaute die bleiche Schneenacht in das Zimmer. Aus der Gesindestube klang Tijas dünne, zitternde Stimme. Sie sang einen Gesangbuchvers.

»So ist's hübsch«, sagte Lene. »So ist's gemütlich! Nicht wahr? Alles ist still, und das Feuer, – und man sitzt beisammen.«

»Stell doch der Lebenslage keine Zensur aus«, versetzte Werner, der sinnend in das Feuer starrte.

»Warum?«, fragte Lene eigensinnig.

»Weil, weil« – Werners Stimme wurde streng – »weil Zensuren ausgestellt werden, wenn die Schule zu Ende ist.«

»Deshalb!«, meinte Lene, die ihn nicht recht verstanden hatte.

»Nun sei aber nicht ungemütlich, Wernerchen.«

Sie stand auf, ging zu ihm, setzte sich auf seine Knie, schmiegte sich an seine Brust, umrankte den großen

Mann ganz mit ihrer kleinen, legitimen Sinnlichkeit, die sich schüchtern hervorwagte.

»Wir sind doch glücklich!«, sagte sie. »Ich sag's doch. Ich stell' gute Zensuren aus.«

Werner saß still da, ließ sich von der Wärme dieses jungen Frauenkörpers durchdringen. Dann plötzlich schob er Lene beiseite und stand auf.

»Wohin?«, fragte sie erschrocken.

»Oh – nichts«, erwiderte er, »ich – ich will mir noch was überlegen.«

»Diese ewige Predigt!«, seufzte Lene. »Worüber predigst du denn morgen?«

»Über die Versuchung in der Wüste, du weißt's ja.«

»Ach ja! Sei doch nicht wieder so streng. Wenn du so herunterdonnerst, wird einem ganz bang.«

Er zuckte die Achseln.

»Seit wann willst du denn Einfluss auf meine Predigten nehmen?«

Also nun hatte sie ihn auch noch geärgert. Sie schwieg. Während Werner, die Hände auf dem Rücken, im Zimmer auf und ab ging, kauerte sie auf ihrem Sessel und folgte ihm unverwandt mit den Blicken. Eben noch hatte sie sich glücklich gefühlt, jetzt war wieder etwas über ihn gekommen, das sie nicht verstand. Sie fühlte, wie müde ihre Glieder von der Arbeit des Tages waren, und das Traurige war über sie gekommen, dem sie nicht nachdenken wollte. Sie folgte Werner mit den Blicken, wie er auf und ab ging, sehr aufrecht in seinem schwarzen Rock, auf und ab, bis seine Gestalt undeutlich wurde und ihr die Augen zufielen.

»Herunterdonnern«, hatte Lene gesagt, ja, das liebte er, das Predigen war wie das Singen, da konnte er sich ausgeben, da hatte er das Gefühl, als »ginge eine Kraft von ihm aus«, wie die Bibel sagt. All die großen, schönen Worte, der große Zorn, mit dem er drohen, die ganz großen Seligkeiten, die er versprechen konnte, und all das war unendlich und ewig, das gab auch einen Rausch. Er freute sich schon darauf. Dazu zog die Versuchung in der Wüste, diese wunderbare Geisterunterhaltung, groß wie Dantes Verse, ihn seltsam an. Das Wilde des Kampfes der beiden Wunderkräfte in der Wüste regte ihn auf.

In tiefem Sinnen ging er auf und ab, vergaß seine Umgebung, bis ein verschlafener Laut aus Lenes halb geöffneten Lippen ihn aufschauen machte.

»Ja so – der Friede des Pastorats« – dachte er nicht ohne Bitterkeit. Weiß es Gott, ihm war wenig friedlich zumute!

Er stellte sich an das Fenster, schaute in die Nacht hinaus.

Oben am Himmel war Aufregung unter den Wolken, zerfetzt und gebläht wie Segel schoben sie sich aneinander vorüber. Der Mond musste irgendwo sein, aber er wurde verdeckt, nur ein schwaches, müdes Dämmerlicht lag über der Ebene.

Frieden! Ja, wenn einer sich beständig mit Wunderdingen abgeben muss, wenn er immer diese Sprüche im Munde führen muss, die so voll Leidenschaft und

Zorn und Süßigkeit und Geheimnis sind, wo soll da der Friede herkommen? Das Herz wird so empfindlich und so erregt, dass es auf alles hineinfällt.

Der Wind trieb kleine Schneewirbel wie weiße Rauchwölkchen über die Ebene. Winzige Lichtpünktchen waren in die Nacht gestreut, wie verloren in dem fahlen, weißen Dämmern. Dort die Reihe heller Punkte waren die Fenster des Schlosses Dumala. Werner fiel die neue Pelzjacke der Baronin Werland ein, und dann sah er das große, düstere Zimmer vor sich, die grün verhangene Lampe, am Kamin im Sessel den Herren mit dem wachsgelben, scharfen Gesicht, die Füße in eine rote Decke gewickelt. Bei ihm auf dem niedrigen Stühlchen die schöne Frau mit den schmalen Augen, die unruhig schillerten, und dem seltsam fieberroten Munde. Sie saß da, blinzelte schläfrig in das Kaminfeuer und strich mit ihrer Hand langsam an dem Bein des Kranken auf und ab.

Ein Schmerz, etwas wie ein körperlicher Schmerz, schüttelte Werner bei diesem Bilde, ließ ihn blass werden und das Gesicht leicht verziehen.

Ärgerlich wandte er sich vom Fenster ab. Es war zu dumm! Dieses Predigtmachen ließ jedes Mal alles in ihm toller rumoren denn je!

Er begann wieder auf und ab zu gehen, dann blieb er vor Lene stehen.

Sie hatte die Füße auf den Sessel hinaufgezogen, die Wange an die Stuhllehne gestützt. So schlief sie. Die Lippen halb geöffnet, atmete sie tief, auf dem Gesichte den ernsten, besorgten Ausdruck, den Menschen in schwerem Schlafe annehmen, als sei das Schlafen eine Arbeit.

Werner betrachtete sie eine Weile. Er fühlte plötzlich ein tiefes Erbarmen mit diesem jungen schlafenden Wesen. Auch wieder die Nerven und die unnütze Weichheit! Er konnte ja jetzt nichts mehr ansehen, ohne dass es schmerzte!

Behutsam nahm er Lene auf seine Arme und trug sie in das Schlafzimmer hinüber.

Die Sakristei war voller Schneelicht. Zwischen den engen, weißen Wänden, in dem weißen Lichte, sah Pastor Werner, im schwarzen Talar, sehr groß aus. Er saß am Tisch, vor sich das aufgeschlagene Gesangbuch und das Blatt mit den Notizen zu seiner Predigt. Draußen sangen sie schon das Lied, ein Chor harter Frauenstimmen, heiserer Kinderstimmen, dazwischen das Knarren der Bässe. Sie zogen die Töne schläfrig und beruhigt. Gott, spielte der Organist heute tolles Zeug zusammen! Sicherlich hatte der Mann wieder die ganze Nacht durch gesoffen. Die alte Orgel stöhnte und seufzte ordentlich unter seinen rücksichtslosen Fingern.

Werner sang nicht mit. Er schaute zum Fenster hinaus. Es taute und die Sonne schien. Die Bäume hingen ganz voll blanker Tropfen und das beständige Tropfen vom Dache und den Traufen legte uni die Kirche ein helles Blitzen und Klingen.

Sonntäglich! Die Sonntagsstimmung war da, die kam immer, aus alter Gewohnheit, anfangs feierlich, später angenehm schläfrig. Er liebte diesen Augenblick in der Sakristei vor der Predigt, wenn er dasaß und sich voll großer Worte, voll lauter, eindringlicher Töne fühlte.

Er horchte hinaus. Er kannte die Schellen der Schlitten, die heranfuhren. Das waren die Schellen von Debschen, das -der Doktor Braun, das die Schellen von Dumala.

Dennoch fragte er, als der Küster eintrat: »Wer ist alles da?«

Der Küster Peterson legte sein großes, schlaues Bauerngesicht in pastorale Falten.

»Die Dumalaschen sind da«, meldete er, »die Baronin und der Sekretär.«

»Wer noch?«, fragte Werner ungeduldig. Warum meldete der Kerl gerade nur die Dumalaschen?

Peterson zog ergeben die Augenbrauen empor:

»Der Doktor ist da, die aus Debschen.« –

»Gut – gut.« Werner winkte ab. Es war doch ganz gleichgültig, ob der Doktor da war und die Alte aus Debschen!

Nun war es Zeit, auf die Kanzel zu steigen, sie sangen da drin schon den letzten Vers des Liedes. Werner freute sich, zu finden, dass die Kirche voller Licht war. Wenn die breiten, gelben Lichtbänder durch die hohen Fenster in den Raum fluteten, dann bekam seine Predigt auch anders helle Farben, als wenn die Kirche voll grauer Dämmerung war, und der Regen gegen die Fensterscheiben klopfte.

Es roch nach nassen, schweren Wollkleidern, frisch gewaschenen Kattuntüchern und Transtiefeln.

Werner beugte sich über das Pult auf der Kanzel zum Gebet. Dieser Augenblick brachte ihm stets eine sanfte, andächtige Ekstase, so die Stirn auf das Pult zu legen, und unten wurde es still, und sie warteten, warteten auf sein Wort.

Die Predigt begann. Die eigene Beredsamkeit erwärmte ihn heute besonders. Er hörte es, wie die Leute unten aufmerksam wurden, wie das Husten und Sichräuspern schwiegen.

Und Werner gab seiner Stimme vollere Töne, machte große, freie Bewegungen. Er wusste es wohl, die meisten dort unten verstanden ihn nicht, aber heute drängte eine innere Erregung ihn, hinauszusagen, hinauszurufen, was ihn bewegte.

»›Falle vor mir nieder und bete mich an‹, sprach der Böse zum Sohne Gottes. ›Bete mich an!‹ Ja, das ist es, das will er. Er hat nicht genug mit unseren Sünden der Schwäche, der Nachlässigkeit, der Bosheit, des Unglaubens, nein, niederfallen sollen wir vor ihm und ihn anbeten. Er will angebetet, er will verehrt, er will geliebt werden. Danach dürstet er. Er will, dass wir zu ihm sprechen: Uni dich geben wir die ewige Seligkeit und die Gotteskindschaft hin, dir opfern wir sie, um dich gehen wir mit offenen Augen in unser Verderben, weil wir dich anbeten, weil du uns groß und liebenswert erscheinst, weil wir zu dir wollen. Der Böse will, dass wir die Sünde lieben, dass wir sie anbeten. Das ist sein Triumph. Das ist das tiefe, furchtbare Geheimnis der Sünde.« Die Stimme des Pastors hatte hier einen tiefen, geheimnisvollen und leidenschaftlichen Tonfall angenommen, wie eine unheimliche Liebeserklärung an die Sünde klang es.

Er hielt inne, selbst erstaunt über das, was er sagte. Es klang fremd in die Kirche hinein, und zugleich schien es ihm, als verriete er etwas, als spräche er etwas aus, das geheim sein sollte und nur von ihm geahnt wurde.

Er schaute hinunter auf die Gemeinde.

Ruhig saßen sie da alle beisammen. Alte Frauen schliefen. Mädchen, mit glattgebürstetem Haar, die Hände im Schoß gefaltet, starrten ausdruckslos vor sich hin, genossen die Ruhe des Augenblicks. Ihm gegenüber im Gestühl der Werlands von Dumala saß die Baronin Karola. Sie hatte den Kopf leicht zurückgelehnt und schaute scharf zu ihm herüber, sie kniff dabei die Augenlider zusammen, so dass die Augen nur wie sehr blanke Striche zwischen den langen Wimpern hervorschimmerten.

Werner ging zum Schluss seiner Predigt über. Seine Stimme nahm wieder ihren ruhig ermahnenden Ton an, in dem erbaulich das Metall seines schönen Baritons mitklang.

Nach dem Gottesdienst fragte Werner den Küster, während er sich in der Sakristei umkleidete:

»Ist die Baronin aus Dumala schon fortgefahren?«

»Nein«, meinte der Küster, »die Frau Baronin wartet auf den Herrn Pastor – wie immer.«

»Wieso – wie immer?«, fragte Werner ungeduldig.
»Peterson, Sie fangen an, Unsinn zu sprechen.«

Leute kamen zu ihm, die Waldhäuslerin Marri, ihre Mutter, die alte Gehda, konnte nicht sterben, das dauerte nun schon Wochen. Der Herr Pastor soll herüberkommen. Werner fertigte die Leute eilig und mechanisch ab, sagte das nötige »Gott weiß am besten, wenn er uns zu sich ruft. Wir müssen warten«. Die Waldhüterin klagte, dass ihr Mann sie zuschanden schlug, wenn er besoffen war.

Werner zog sich seinen Pelz an. »Ja, ja – ich komme mal an. Gott behüt' euch lieben Leute – Gott befohlen.« Eilig ging er hinaus.

Die Baronin Karola stand vor ihrem Schlitten, sehr schlank, fest in die blaue Pelzjacke geknöpft, das Gesicht ganz rosa von der scharfen Winterluft, der Mund unnatürlich rot, die Stirnlöckchen voller Tropfen unter der kleinen Fischottermütze. »Ah, Pastor!«, rief sie, »ich warte auf Sie. Sie dürfen uns heute nicht verlassen. Ja – er leidet, und es ist abends so traurig bei uns. Also, Sie kommen?« Sie reichte ihm die Hand, schüttelte die seine mit unterstrichener Kameradschaftlichkeit. »Die Verlassenen trösten ist ja doch Ihr Amt.« Sie lächelte, wobei ihre Mundwinkel sich hinaufbogen, was ihr einen leicht durchtriebenen Ausdruck verlieh.

Werner verbeugte sich in seiner feierlichen Art, die etwas Befangenes hatte.

»Oh – gewiss – mit Vergnügen«, und er lächelte auch aus reinem Behagen, diese schöne Frau anzusehen.

»So, danke«, sagte sie. »Jetzt wollen wir fahren, mein Page friert.« Karl Pichwit, der Sekretär und Vorleser des Barons Werland, fror immer. Sein hübsches, kränkliches Knabengesicht war blau von Frost, und er zitterte.

Er half der Baronin in den Schlitten, setzte sich neben sie, und da lächelte auch das kränkliche Knabengesicht und errötete.

Werner stand noch eine Welle da und schaute dem Schlitten, dem Wehen des blauen Schleiers auf dem Fischottermützchen nach, er schützte die Augen mit der Hand vor der Sonne, um länger und besser sehen zu können.

Ich finde es rücksichtslos«, sagte Lene beim Mittagessen zu ihrem Mann, »dass die Werlands dich immerfort hinüber bitten. Ich bin jeden Sonntagabend allein. Der Sonntag gehört doch wenigstens der Familie.«,

Werner zuckte die Achseln, ja, daran war nichts zu ändern. Drüben ging es nicht heiter zu, da musste er eben – –

Aber Lene ärgerte sich.

»Ach was! Dieser Baron, der Gottlosigkeiten und Unanständigkeiten spricht, der ist überhaupt kein Umgang für einen Pastor.«

Werner lächelte nur und aß ruhig seinen Sonntagsbraten. Lene erregte sich immer mehr. »Ach was – der Baron! Der ist's ja gar nicht. Sie ist's!«

»Sie?« Werner schaute auf.

»Natürlich sie«, fuhr Lene tollkühn fort, obgleich sie fühlte, dass das, was sie sagen wollte, die Lebenslage ungemütlich machen würde. »Sie – sie will Gesellschaft haben. Es ist ihr nicht genug, dass der arme Pichwit sie verliebt ansieht, sie will so 'n großen, schönen Mann wie dich zum Kokettieren haben.«

Werner wurde bleich, wie immer, wenn der Zorn in ihm aufstieg. »Lene«, – rief er und schlug mit der Hand auf den Tisch, dass die Teller klirrten, »was ist das für ein Geschwätz. Hier an meinem Tisch wird nicht so über diese edle, geprüfte Frau gesprochen.«

Lene wurde zwar sehr rot, ließ sich jedoch nicht einschüchtern. Sie murmelte, um das letzte Wort zu behalten:

»Es ist aber doch so.«

Die Gemütlichkeit des Mittagessens war dahin. Es wurde kein Wort mehr gesprochen.

Die Zimmerflucht im Schlosse Dumala war nicht erleuchtet, als der alte Jakob Pastor Werner hindurchgeleitete. Die Winterdämmerung lag über den großen, schweren Möbeln, gab ihnen etwas Verlassenes und Verschollenes. Es roch nach altem, staubigem Holz in den hohen Zimmern. Das Getäfel und das Parkett knackten beständig.

»Wir haben hier kein Licht gemacht«, erklärte Jakob. »Wozu? Es geht hier ja doch niemand.«

Er hob sein bleiches Gesicht zu Werner auf, sah ihn mit den verblassten Augen traurig an. Es mochte früher ein hübsches Lakaiengesicht gewesen sein, jetzt war es auch verwittert und vernachlässigt.

»Wozu?«, wiederholte er knarrend. Ein Gemach, das sie durchschritten, duftete nach weißen Heliotropen. Helle Vorhänge hingen an den Fenstern, und kleine Möbel mit goldenen Füßen schimmerten aus den dunkeln Ecken.

»Ihr Zimmer«, sagte sich Werner, und atmete den Heliotropenduft tief ein.

»Und schlecht geht es uns heute auch«, berichtete Jakobs klagende Stimme weiter. »Wir haben starke Schmerzen im Bein.« Das Kaminzimmer war von der großen, grün verhangenen Lampe matt erleuchtet, ein Krankenstubenlicht. Baron Werland saß in seinem Sessel am Feuer, die Füße in die rote Decke gehüllt, die Gestalt ein wenig in sich zusammengesunken. Das regelmäßige Gesicht war wachsbleich, das Haar sorgsam gelockt, der Schnurrbart hinaufgedreht. Nur die tiefen Augenhöhlen über den unruhig flackernden Augen legten sehr dunkle Flecken in diese Blässe. Ein starker Opoponaxduft umgab den Kranken.

»Aha – unser Seelsorger«, rief er mit seiner hohen Stimme Werner entgegen. »Es ist doch gut, dass man einen hat, der von Amts wegen barmherzig sein muss, der sozusagen dafür bezahlt wird.« Werner lachte: »Na – es gibt auch Leute, die das aus Sport sind«, meinte er.

»Sport! Der Sport ist unmodern. Setzen Sie sich, Pastor. Kalt – was?« Karola hatte an der Lampe gelesen, jetzt begrüßte sie Werner. In dem blauen Tuchkleide sah die Gestalt hoch und biegsam aus.

»Ich danke, dass Sie gekommen sind«, sagte sie einfach, und schüttelte ihm wieder kameradschaftlich die Hand. Die Sessel wurden an das Feuer gerückt. Karola drückte sich behaglich in den ihren hinein und blinzelte Werner erwartungsvoll an, wie ein Kind, das von dem Erwachsenen unterhalten zu sein hofft.

Werner rieb sich die erfrorenen Hände in leichter Befangenheit, die ihn häufig ergriff.

»Wie geht es?«, fragte er dann höflich den Baron.

»Schlecht, Pastor«, erwiderte der Baron, »einfach schlecht. Kein Schlaf in der Nacht, tolle Schmerzen. Was wollen Sie mehr? Der verdammte Tauwind.«

»Das tut mir sehr leid«, sagte Werner ein wenig steif

»Das tut Ihnen leid, Pastor«, fuhr der Baron fort. »Natürlich. Sie sind mitleidig. Das gehört zum Amt. Nur hilft das nichts. Wissen Sie, was ich mal hören möchte, der Abwechslung wegen?«

»Nun?«

»Wenn ich sage: mir geht's schlecht, dass mal einer, so von Herzen, mir antwortet: das freut mich. – So von Herzen – wissen Sie. Das wär' mal was Neues. Darüber könnte ich recht lachen.«

»Solch einer findet sich zum Glück schwer« – bemerkte Werner.

Der Baron verzog sein Gesicht: »Ich weiß nicht. Ein recht geldhungriger Erbe vielleicht. Das war's aber nicht, was ich Ihnen sagen wollte, Pastor. Also heute Nacht konnte ich nicht schlafen, und da bedachte ich mir wieder einmal gründlich die Aussichten Ihrer Unsterblichkeit, Ihres Lebens nach dem Tode.«

»Meines?«

»Na ja, weil Sie es predigen müssen. Aber, Pastor, die Aussichten sind schwach. Ich kann die Sache drehen und wenden wie ich will –, heute Nacht waren die Aussichten schwach, gleich null.«

»Mit dem Denken kommen wir da wohl nicht heran«, wandte Werner ein, zerstreut, wie wir uns an einem Gespräch beteiligen, das wir oft schon haben führen müssen.

Aber der Baron wurde eifrig:

»Ich weiß, der Glaube. Nein, Ihr Glaube ist ein Kunststück, zu dem ich kein Talent habe. Ein Wunder – gut! Über Wunder kann man nicht sprechen.«

»Ah!«, sagte Karola, »sollen wir wieder davon sprechen!«

Der Baron kicherte:

»Natürlich! Ihr seid gesund. Ihr denkt so nebenbei einmal: Unsterblichkeit – wie schön! Leben nach dem Tode – entzückend! Und damit ist's gut. Aber ich – mich geht das jetzt was an. Sehen Sie, Pastor, wenn Sie zu Hause bleiben wollen, nun, dann ist's Ihnen gleich, wann der Schnellzug nach Paris geht und ob er Anschluss hat. Sie sagen wohl so im Allgemeinen – ach – der Schnellzug, wie schön! Aber wenn die Koffer gepackt sind, ja, dann blättern Sie im Kursbuch, dann kommt es auf Genauigkeit an. Na – also – ich, – ich seh' mir das Kursbuch an und, Pastor, ich sag' Ihnen, es gibt keinen Anschluss. Wir bleiben liegen.«

Die Wärme des Kaminfeuers machte Werner die Glieder schlaff und die Augenlider schwer. Er hörte nur halb der hohen, erregten Stimme des Kranken zu. Er schaute Karola nicht an, aber das Gefühl ihrer Gegenwart, das Gefühl, dass ihr Blick für einen Moment auf seinem Gesicht ruhte, der leichte Heliotropduft, das leise Klingen ihrer Armbänder, all das erfüllte ihn mit einem Behagen, das ihm wie ein edler Wein köstlich das Blut erwärmte. Nur mechanisch machte er seine Einwände auf die Reden des Barons. »Ja, aber ohne Leben nach dem Tode, hat das Leben da Sinn? Für das bisschen Erdenleben, all der Aufwand!« »Bravo!« Der Baron klatschte leise in die Hände. »Ich sah Sie damit kommen. Euer Haupttrumpf. Natürlich ist's ein Unsinn, dies bisschen Erdenleben. Sehr richtig! Hören Sie. Also: Da ist ein hoffnungsvoller, junger Mann, er sieht gut aus, alter Adel, Geld, lernt was, schneidig, ein Schloss, eine schöne Frau. Gut! Anfang der Vierziger sind ihm die Beine weg, rein weg, und so 'n Stück vom Rückenmark, sehen Sie, so 'n Stück, untauglich – zum Fortwerfen. Alles aus – *finis* –. Man lebt nur, um die Füße in die rote Decke zu wickeln, und auf Schmerzen zu warten. Ein Unsinn, so 'n Leben. Dafür all die Umstände mit dem Geborenwerden und Aufgezogenwerden. Aber, sagen Sie, Pastor, wo steht es geschrieben, dass das Leben einen Sinn haben muss? Bitte, wo steht das? Karola, Kind, was sagst du dazu?«

Karola reckte sich ein wenig in ihrem Sessel. »Ich?«, sagte sie mit müder Stimme. »Warum soll man nicht darauf hoffen, warten? Man sieht eine Allee hinab, eine lange, lange Allee. Warum sollen wir uns da plötzlich eine schwarze Mauer denken? Das lieb ich nicht. Ich will hinabsehen, weit – weit –, bis da, wo ich vor Helligkeit der Ferne nichts mehr unterscheide.«

»Hm – ganz hübsch«, meinte der Baron. »Poesie, das ist was für die Gesunden. Liegt ihr mal im Bett und der Schlaf kommt nicht, und es zwackt und zieht an allen Nerven, da genügt die Poesie auch nicht. Nein, mein lieber Pastor, mit Ihrer Unsterblichkeit steht es schlecht.«

Er war müde vom Sprechen, lehnte den Kopf zurück und schloss die Augen. Es wurde still im Zimmer. Deutlich hörte man hinter dem Getäfel die eifrige Arbeit einer Maus.

»Da ist sie wieder«, sagte der Baron, ohne die Augen zu öffnen. »Nichts zu machen! Der alte Kasten will zusammenfallen, fängt an zu sprechen wie ein altes Weib. Aber, es lohnt sich nicht, etwas dafür zu tun, es lohnt sich nicht mehr.«

Langsam und eintönig sprach er vor sich hin. Es klang resigniert in die grüne Krankenstubendämmerung hinein. Der leise, hoffnungslose Seufzer des Kranken schien alle Tore des Lebens zu schließen. Werner sah zu Karola hinüber und begegnete ihrem Blick, dem seltsam schillernden Blick der schmalen, grauen Augen. Die Mundwinkel bogen sich hinauf, wie im Beginne eines Lächelns. Werner und Karola sahen sich ruhig an, wie uni sich aus der bedrückenden Traurigkeit dieses Gemaches in das Leben zurück zu retten.

Jakob brachte den Tee. Mit ihm erschien Karl Pichwit. Er verbeugte sich stumm und setzte sich.

»Ah!«, rief der Baron. »Herr Pichwit der Page. Herr Pichwit der Troubadour!«

Pichwit verzog seinen zu kleinen kinderhaften Mund zu einem schiefen, hochmütigen Lächeln. Darin saß er stumm da und schaute sinnend auf Karolas Hände, die sich mit den Teetassen zu schaffen machten, schaute stetig und verträumt aus den runden, hellbraunen Augen, – blanke Melange hatte Karola von ihnen gesagt –, Augen, denen die blauen Schatten unter dem Augenlide etwas Kummervolles gaben.

Der Baron kniff die Augen zusammen, sah Pichwit, dann Karola an, und lachte lautlos in sich hinein.

»Ja, jeder auf seine Fasson«, meinte er und rührte in seinem Tee. »Kennen Sie den Baron Rast, Pastor, Behrent Rast, unseren Nachbarn?«, fragte er.

Ja, Werner kannte den Baron Rast aus Sielen.

»Na der«, fuhr Werland fort, »der gönnt sich Tag und Nacht keine Ruhe, nur um in sein Leben möglichst viel hineinzustopfen. Der hat Eile! Und was kommt dabei heraus? Der hat seine Duelle, der riskiert seinen Hals beim Rennen, der verführt die Frauen der anderen, der macht von sich reden. Gut! Er arbeitet wie bezahlt. Warum? Nur weil Behrent Rast zugleich in einer Loge sitzt und zuschaut, was Behrent Rast tut, und ruft – ›Behrent ist ein Teufelskerl!‹ und klatscht. Lohnt denn das bisschen Eitelkeit die ganze Geschichte?«

»Ich kenne den Baron zu wenig, um über ihn urteilen zu können«, sagte Werner ablehnend.

»Sie werden ihn kennenlernen«, fuhr Werland fort. »Nehmen Sie die Schafe Ihrer Herde in Acht, Pastor, Rast ist ein unmäßiger Weiberkonsument.«

»Behrent Rast ist sehr unterhaltend«, bemerkte Karola.

Der Baron lachte. »Ja, die Weiber lieben so was. Schauspieler in jeder Form. Merken Sie sich das, Herr Pichwit, wollen Sie einem Weibe gefallen, so müssen Sie ihr einbilden, dass Sie ganz speziell für sie eine Rolle spielen.«

»Ist das so sicher?«, fragte Karola gelangweilt.

»Ganz sicher«, beteuerte Werland. Plötzlich lehnte er sich in den Sessel zurück. »Da sind sie wieder, verdammte Kameraden, diese Schmerzen. Herr Pichwit, haben Sie Ihren Tee ausgetrunken? Ja? Dann, gute Nacht.«

Pichwit errötete, er lächelte zwar hochmütig, aber die hellbraunen Augen bekamen einen feuchten Glanz. Er verbeugte sich stumm und ging.

»Warum schickst du den armen Jungen fort? Das kränkt ihn«, fragte Karola.

Der Baron kicherte. »Wissen Sie, Pastor, Herr Pichwit ist nämlich in meine Frau verliebt, unsterblich verliebt, so wie man es in englischen Romanen ist. Na ja – natürlich -warum nicht? Mir macht das großen Spaß. Die Honigaugen!«

»So lass ihn doch«, – warf Karola hin.

»Ich lasse ihn ja«, – versicherte Werland. »Wie gesagt, es macht mir Spaß. Nur manche Abende fallen diese Augen mir auf die Nerven. Lass ihn nur auf sein Zimmer gehn. Heute ist so was wie Mondschein am Himmel. Da kann er ja dichten. Herr Pichwit dichtet nämlich. Honig in den Augen und Chinin im Herzen, bittersüß, das gibt bei diesen jungen Leuten jedes Mal einen Lyriker. Oh, du verflucht!« Er fasste sich an sein Bein. »Karola – Kind – komm, reib' das Bein ein wenig. Sie müssen wissen, Pastor, die Frau hat so was wie magnetische Kraft in den Fingern.«

Karola rückte ein niedriges Stühlchen an den Sessel ihres Mannes heran, setzte sich und begann sachte mit der Hand über die rote Decke hinzufahren, das Bein des Kranken zu streichen. Der Baron bog den Kopf zurück und schloss die Augen. Werner sah dieser Hand zu, wie sie langsam und stetig über die rote Decke hinglitt, schmal und weiß und voller Ringe. Im Schein des Feuers war die Hand ganz umflimmert von scharfen, bunten Lichtern.

Der Kranke atmete jetzt tief und regelmäßig, zuweilen stöhnte er.

»Sie sind geduldig«, sagte Werner leise.

»Ich?«, Karola schaute erstaunt auf »Wie wissen Sie das?«

»Ich seh' es.«

»Gott, was man sieht!« Dann fragte sie halblaut: »Nicht wahr? Sie waren in Ihrer Jugend ein wilder Junge?«

»Ah, man beging Torheiten«, erwiderte Werner. »Man kam sich interessant vor. Das Interessante war eben, dass man jung war.«

»Sie waren früh verlobt?«

»Ja – als Student.«

Die halblaute Unterhaltung tat beiden wohl. Es war gleich, was gesagt wurde, das Flüstern brachte sie einander nah.

»Ach ja«, meinte Karola, »Theologen verloben sich immer früh. Sie sind natürlich sehr glücklich.«

»Natürlich? Warum?«

»Pastorenehen sind immer glücklich.«

»Ja so!«

Beide lächelten.

Der Kranke stöhnte heftiger.

»Jakob soll ihn zu Bett bringen«, beschloss Karola.

Werner erhob sich: »Ja – es ist spät. Ich gehe auch.«

Karola begleitete ihn bis an die Flurtür. Sie stand an den Türpfosten gelehnt und schaute zu, wie er sich den Pelz anzog.

»Sie freuen sich wohl, nach Hause zu kommen. Wenn Sie von hier kommen, ist's da wohl doppelt gemütlich?«, sagte sie. »Werden Sie noch etwas essen?«

»Ich weiß nicht –.«

»Gewiss hat Ihre Frau auf Sie gewartet«, sie lächelte dabei ihr leicht spöttisches Lächeln. »Gute Nacht!«

Der Wind fegte über die Ebene. Der Schlitten glitt geräuschlos über den feuchten Schnee. Werner hieb unbarmherzig auf seinen Schecken ein:

»Hü – hü – vorwärts.«

Tolle Bewegung hatte er jetzt nötig. Er wollte den Wind wie Peitschenhiebe im Gesicht fühlen. Drüben lag das Pastorat. Licht blinkte durch das Fenster. – Nein – dahin nicht!

»Dort wird es gemütlich sein« – wie sie das gesagt hatte mit dem Zucken der Mundwinkel, als wüsste sie, dass er dorthin – dorthin, wo es »so gemütlich« war, jetzt nicht konnte.

Er bog in den dem Pastorat entgegengesetzten Weg ein, fuhr dem Walde zu. Nur vorwärts – vorwärts!

In den engen Waldwegen war es finster, über ihm rauschten die Föhren, ein leidenschaftliches Brausen, das nachließ, wieder anschwoll, wie der Atem einer Riesenbrust. Hier und da knarrte ein morscher Zweig durchdringend schrill, wie ein Schmerzenslaut.

Das tat Werner wohl. Es war, als tobte und rief eine große Kraft über ihm sich aus – für ihn, tobte und rief hinaus, was in ihm hinaus wollte.

»Hü – hü« – trieb er den Schecken an. Er musste sich tief bücken, um unter den niederhängenden Zweigen durchzukommen, und wurde dann ganz mit Tropfen überschüttet. Krähen flogen lärmend aus den Wipfeln. Ein aufgescheuchtes Reh brach durch das Unterholz. Werner wusste nicht, wohin er fuhr, nur vorwärts – hinein in die Dunkelheit, in das Wehen und Brausen, in das Tropfen und Duften.

Plötzlich hielt der Scheck. Er war am Moorkrug.

»Willst nicht weiter, armer Racker«, sagte Werner.

Das Tier schnaufte und blies. Werner stieg aus. Teufel, ja, das Pferd war in Schaum! Da war nichts zu machen.

»He – Wirtschaft – Jost!«

Der Krüger erschien; seine riesige Gestalt sehr tief bückend, um durch die Tür zu kommen.

»Was, der Herr Pastor selber?«

»Ja – ja – wundern Sie sich nicht so lange. Führen Sie das Pferd in den Schuppen, trocknen Sie es ab. Und dann einen Grog – geschwind.«

Werner trat in die Krugstube. Eine Lampe rauchte an der Wand. Ein Holzknecht saß am Tisch, hatte den Kopf auf die Arme gelegt und schlief. Am Ofen, den Kopf auf sein Bündel gestützt, schlief ein Hausierer. Die beiden Schläfer riefen raue, schnarchende Gurgeltöne zueinander hinüber. Die Tür zum Nebenzimmer, zum »Herrenzimmer«, war angelehnt. Dort flüsterten Stimmen.

Werner stieß sie auf.

»Ah – da find' ich Gesellschaft«, rief er. Da saßen der Organist Sahlit und der Lehrer Gröv bei einer schwelenden Lampe und tranken Grog. Sie blickten scheu zur Tür, erhoben sich von ihren Stühlen.

»Die stillen Sünder«, sagte Werner. »Na, setzen Sie sich nur, wenn Sie jetzt Ihren Grog stehen lassen, das macht die Sache nicht besser.«

»Nu – mal am Sonntag«, murmelte Sahlit, der schon betrunken war.

»Gut, gut.« Werner warf sich auf einen Stuhl und knöpfte sich den Pelz auf Die tolle Fahrt hatte ihn erfrischt. Er lachte die beiden wunderlichen Gesichter sich gegenüber an. Sahlit mit dem blanken, kahlen Schädel, rote Flecken im Gesicht, und die Augen fromm und schwimmend. Der Lehrer sah sehr hochmütig aus, rote, hektische Flecken auf den eingefallenen Wangen, das rote Haar wirr über die bleiche Stirn gestrichen. »Wie In verzeichneter Schiller schaut der Kerl aus«, dachte Werner.

»Sie, Sahlit«, sagte er, »Sie haben heute in der Kirche wieder gespielt wie In Schwein. Das kommt vom Saufen.«

»Nein, Herr Pastor«, entschuldigte sich Sahlit, »die alte Orgel, das Luder, pariert nicht mehr.«

»Wenn ich eine Orgel wäre, würde ich Ihnen auch nicht parieren«, fuhr Werner fort. »Und Sie, Gröv, kommen wegen der roten Marri her. Das ist für einen Lehrer unpassend.«

»Ich tu die Woche über meine Pflicht«, erwiderte Gröv stolz, »für den Sonntag verantworte ich – für mich.«

»So! Da ist ja der Grog«, brach Werner das Gespräch ab. Marri, groß, rothaarig, seltsam rote Augenbrauen im weißen Gesicht, brachte den Grog, stellte sich dann an den Ofen und sah Werner unverwandt an.

»Nun, Kinder, da wir einmal zusammen sind –«, sagte Werner und hob sein Glas.

»Auf Ihr Wohl, Herr Pastor«, stammelte Sahlit unterwürfig.

Werner streckte die Beine von sich. Das Getränk ging angenehm heiß in die Glieder.

»Na, munter, Kinder. Wovon spracht ihr?«

»Ach«, berichtete Sahlit, »Gröv hat einen sehr stolzen Rausch. Wenn der getrunken hat, dann spricht er von großen Regierungssachen, nu, und dann weiß er alles besser.«

»Ja, dazu trinkt man«, versetzte Werner, »Gröv weiß dann alles besser – und Sie, Sahlit, sind dann ein großer Musiker. Und beide werdet's ihr dann schon dem Pastor mal zeigen – nicht?«

»Was können wir zeigen«, murmelte Sahlit und sah den Lehrer scheu an.

»Ja – dem Pastor es mal zeigen, davon spracht ihr.« Werner schlug mit der Hand auf den Tisch und lachte: »Ja, Kinder, zeigt's ihm mal! Sie, Gröv, haben mit drei Glas Grog eine ganze Welt von Stolz und Mut heruntergetrunken. Das ist doch billig.«

»Mein ist der Stolz und mein ist die Sünde«, sagte Gröv fest.

»Gut, Gröv.« Werner trank ihm zu. »Sie nehmen es auf Ihre Kappe. Sie verantworten es, obgleich Sie sich einbilden, ein sehr großer, verwegener Sünder zu sein, der Marri wegen und des Grogs wegen. Ja, das macht Sie stolz, so 'n ganz großer Sünder zu sein? Da ist man doch mal was.«

»Ich verantworte«, sagte Gröv wieder sehr entschlossen.

»Sünder ist man – was kann man machen«, brummte Sahlit.

Werner lachte: »Aber ihr seid ja gar keine großen Sünder! Das bildet ihr euch ein, damit der Grog euch besser schmeckt. Ob Gröv morgen Kopfweh hat, und ob Sahlit Kater hat, das ist ja ganz gleichgültig. Arme Geschöpfe kriechen heimlich zusammen, wollen sich ein bisschen Mut und Hochmut antrinken, wollen's dem Pastor mal zeigen, na – und den anderen Tag zeigen sie's ihm nicht, und vom Hochmut und vom Mut ist auch nichts mehr da. Nein, das schreibt der Teufel sich nicht auf sein Gewinnkonto, – das ist nichts.«

»Das Fleisch ist schwach«, lallte Sahlit mit gefalteten Händen, »und Reue und Buße sind lang.«

»Katzenjammer – nicht Buße«, rief Werner ihn an. »Sie spielen morgen wieder falsch die Orgel, Gröv rechnet seinen Kindern falsch auf der Tafel vor, ihr kriecht so durch den Tag hin wie immer. Das ist nicht Buße, das ist was anderes.«

Der Schullehrer hatte schweigend zugehört. Er hob den Kopf, sein Nacken wurde steif und sein Lächeln sehr überlegen. Jetzt begann er zu sprechen, schnell und in hoher Stimmlage:

»Vielleicht, Herr Pastor, sind die Sünden der vornehmen Herren nichts für uns. Wir sind arme kleine Leute. Wo sollen wir die großen Sünden hernehmen? Die sind nichts für uns. Sowieso hat man nichts vom Leben, auch – auch von den Sünden nichts. Das ist mal so die Gerechtigkeit der Gesellschaft. Es ist möglich, dass der Herr Pastor sich mehr für die vornehmen Sünder interessiert, jeder streckt sich nach seiner Decke. Ich hab' die Welt nicht gemacht. Ich möchte auch lieber eine Lampe, die nicht raucht, und einen Grog ohne Fusel und – und –«, er errötete. Der Mut seines Angriffes stieg ihm zu Kopfe – »und 'ne vornehme Dame.«

»Bravo, Gröv!«, rief Werner. »Marri, noch ein Glas. Ihr Lehrer ist ein Mann. Sie wollen gleichmäßige Verteilung der Sünden? Recht haben Sie, Mann.«

»Das wird auch noch kommen«, prophezeite Gröv.

»Gott geb's«, betete Sahlit verständnislos.

Werner stützte den Kopf in die Hand und wurde nachdenklich.

»Arme Racker!«, sagte er vor sich hin. »Müsst nachts hier hinaus kriechen, um bisschen hochmütig zu sein, um bisschen Sozialdemokrat zu sein, um zu sehen, ob Marri Zeit hat. Und dann morgen nichts – vorüber.«

Er schaute auf, betrachtete nachdenklich die beiden wunderlichen Gesichter seiner Kameraden: »Nun, – wisst ihr –, euch wird viel vergeben werden, weil – weil ihr so furchtbar hässlich seid.«

»Amen«, murmelte Sahlit.

Eine dumpfe Müdigkeit, die ihn traurig machte, legte sich auf Werner. Die Luft war dick von dem Qualm der Lampe, dem Dampf des Grogs. Sahlit weinte jetzt. Grövs Stolz wurde gespenstischer, dabei warf er verliebte Blicke dem Mädchen am Ofen zu. Und dieses Mädchen, das Werner mit den runden, bleichen Augen stetig ansah, mit dem großen, weißen Gesichte, den nackten Armen, dem weichen Quellen des Busens, mit all dem weißen, lasterhaften Fleisch, es erregte

Ekel in Werner, umso stärker, weil es in seinem Blute doch ein Brennen entzündete, das ihm unendlich zuwider war.

Er stand auf' »Jetzt fahren wir. Und die Herren kommen mit mir.«

»Danke, danke«, lallte Sahlit.

Im Schlitten befahl Werner dem Krüger, die Decke fest zuzuknöpfen – »sonst verliere ich meine Gäste. Nur festhalten – es geht los«.

Er trieb den Schecken an. Der Wind wühlte noch in den Föhrenwipfeln. Durch die Wolken schien auf Augenblicke der Mond, ein Licht, das kam und ging, als liefe jemand mit einer Kerze eine lange Fensterreihe entlang.

Und alle Schatten unten kamen in Aufregung, fuhren zwischen den hohen Stämmen hin und her.

»Gott sei uns gnädig«, betete Sahlit.

»Hü – hü« – rief Werner. Dieses Blasen und Wehen badete ihn wieder rein. »Hü« – Sie flogen die kleinen Waldwege entlang. Das leicht gefrorene Moos knisterte unter den Hufen des Pferdes.

»Haltet euch, Kinder«, kommandierte Werner. Der Scheck stutzte, aber Werner ließ die Peitsche sausen. »Vorwärts!« – ein Ruck, und sie waren an der Galgenbrücke.

Über eine tiefe Schlucht, einst vielleicht ein Steinbruch, in der Steine in einem schwarzen Wasser schliefen, war eine rohe Brücke geschlagen worden, einige Bretter auf einigen hohen Pfosten. Alles war jetzt morsch und faul, das Geländer fortgebrochen. Längst wagte keiner mehr diese Brücke zu befahren oder auch nur zu betreten. Der Rübensimon, der Säufer, hatte sich mitten auf der Brücke erhängt, die Beine über dem Abgrund, und als der Strick gerissen war, war der Rübensimon in das Wasser gefallen, und man hatte seine Leiche nie finden können, ein so tiefes Loch musste dort unten in dem schwarzen Wasser sein; so erzählten sich die Leute.

»Herr Pastor!«, sagte Gröv heiser.

»Gnade!«, wimmerte Sahlit.

Aber der Scheck jagte hin. Er führte eine Art Tanz auf, um über die morschen Bretter hinüberzukommen. Hier war eine glatte Stelle, dort brach der Huf ihm in das faule Holz ein –, dort war ein Spalt. Hoch über dem Wasser glitt der Schlitten hin. Etwas Mondlicht fiel in die Tiefe. Werner lehnte sich in den Schlitten zurück. Eine starke Spannung straffte jeden Nerv in ihm an, eine atemlose Erwartung –, jeden Augenblick kann es kommen, das Neue, das Nieerlebte. Ein Rausch war es, der ihn wiegte, dazwischen darin ein ruhiger, beobachtender Gedanke: Also so ist's, wenn wir davor stehen, so ist's, wenn wir's erleben.

Sahlit winselte leise vor sich hin wie ein Hund, der an einer geschlossenen Tür steht und hinaus will.

Jetzt noch ein Ruck und der Schecke hatte festen Boden unter den Füßen. »So!«, sagte Werner und tat einen tiefen Atemzug. Er ließ die Leinen los. Der Schecke fand den Heimweg schon allein. Eine Ermüdung wie nach einer starken Anstrengung legte sich über

Werner. Er sah seine Genossen an. Er fühlte eine Art Zärtlichkeit für sie.

Der Küster hielt die Augen noch geschlossen und wimmerte. »Mann –, es ist vorüber!«, schrie Werner ihn an und schüttelte ihn.

Sahlit öffnete die Augen, schaute um sich wie einer, der aus schwerem Traum erwacht.

»Danke, danke, Herr Pastor«, stammelte er.

Der Mond beschien einen Augenblick das Gesicht des Lehrers, ein geisterbleiches Gesicht. Über die spitzen Backenknochen mit den roten Flecken flossen Tränen, die ganz blank im Mondlicht wurden.

»Sie weinen ja, Gröv?«, sagte Werner.

»So?«, erwiderte er. »Ich weiß nicht.« Das tränenüberströmte Gesicht blieb regungslos und starr.

»Sie haben sich gut gehalten, Gröv«, meinte Werner. Er wollte dem Manne etwas Angenehmes sagen.

»Nicht meine Verantwortung«, versetzte der Lehrer eintönig und leise, wie einer im Schlafe spricht. »Der Herr Pastor wollte uns vielleicht strafen. Ob er das Recht dazu hatte, ist zweifelhaft.«

»Nein, nein, dazu hatte er kein Recht«, sagte Werner. »Verzeihen Sie mir, Gröv.«

»Ich – bitte, Herr Pastor«, warf Gröv nachlässig hin.

Der Scheck trabte munter dem Pastorate zu.

»Schlafen werden wir gut«, bemerkte Werner. Ja, schlafen wollte er. Auf eine lange, traumlose Ruhe freute er sich. Die Ebene, über die das flackernde Mondlicht hinstrich, erschien ihm schon jetzt wie eine weite, stille Traumlandschaft.

Es war spät am Nachmittag. Werner ging zu der alten Waldhäuslersmutter Gehda, die nicht sterben konnte.

Ganz dürr und gelb, wie ein großes Heimchen, lag die Alte in ihrem Bett. Aus den tiefen Augenhöhlen lugten die trüben Augen geduldig und stetig hervor und warteten. Als der Pastor sich an ihr Bett setzte und fragte: »Wie geht es, Mutter Gehda?« – schwieg sie, als verlohne es sich nicht, darauf zu antworten. Die Schwiegertochter, die Waldhäuslerin, antwortete redselig:

»Ach, Herr Pastor, kein Atem, was ist das für'n Leben! Man is alt, man will sterben, nu ja! Gestern haben wir ihr ein warmes Bad gemacht, haben sie gut abgeseift. Wird man nu sehn – wie's wird.«

Werner sprach erbauliche Worte. Jeder Augenblick, den Gott uns gibt, kann für unser Heil wichtig sein. Was bedeutet das bisschen Warten gegen eine Ewigkeit bei Ihm!

Da begann die Sterbende zu sprechen mit tiefer, mürrischer Stimme, als schelte sie jemanden:

»Geplagt hat sich der Mensch beim Mistverstreuen und Unkrautjäten in dem Baumgarten. Nu will der Mensch seine Ruhe haben. Das kann er verlangen. Das heilige Abendmahl hat man genommen, alles ist fertig. Aber nein – und nein.«

Werner schwieg. Was sollte er hierzu sagen? Die Alte wusste es besser. Sie verlangte nach dem Tode als nach ihrem Recht. Hier brauchte er nicht zu trösten.

Er stand auf: »Na, Mutter Gehda, – Gott wird helfen. Geduld müssen wir haben.«

Er ging hinaus. Der Tag war kalt gewesen und mit leichtem Frost.

Die Sonne ging rot hinter den bereiften Bäumen unter.

Das »Man will seine Ruhe haben« der Alten klang Werner nach, während er durch den Wald ging, – beruhigend und friedlich. Dazu lebt man, um diese Sehnsucht nach tiefer Ruhe, diesen Durst nach der Wohltat des Todes zu haben. Was sollte er der alten Frau von einer ewigen Seligkeit, einem ewigen Leben sprechen. Sie verlangte nach ewiger Ruhe vom Mistzerstreuen und Unkrautjäten.

Lustig waren der weiße Wald mit dem roten Sonnenschein und die klare Frostluft. Alles sah so geschmückt aus, als sollte hier etwas Gutes, etwas Festliches geschehen.

Durch den Wald tönte Schellengeklingel, sehr hell, wie ein silbernes Lachen. Werner blieb stehen und horchte. Er kannte dieses Schellengeklingel wohl. Das war es, was in den festlichen, weißen Wald hineingehört hatte. Er lachte ein knabenhaft frohes Lachen vor sich hin. Das Schellengeklingel kam näher. Nun sah Werner schon den Schlitten, die beiden spitzgespannten schwarzen Pferde, des Kutschers Pelzmütze und braunrote Livree.

Karola saß allein im Schlitten. »Pastor!«, rief sie, als sie Werner sah. »Fahren Sie mit? Doch nein! Peter – halt! Ich steige aus. Peter wartet auf mich an der Allee. Ich geh ein Stück mit Ihnen.«

Sie sprang aus dem Schlitten. Ihr Pelz und die Pelzmütze waren weiß bereift, ihre Wangen gerötet. Sie lachte über das ganze Gesicht, als sie Werner die Hand reichte.

»Ist das schön, Pastor! Der Wald und die rote Sonne! Wie lauter Balldamen, auf die es Himbeersoße regnet!«

Sie ging neben ihm her, sprach erregt: »Einen Besuch hab' ich gemacht bei der Baronin Huhn in Debschen. Oh, war das langweilig! Schon wenn ich die Zwiebäcke in Debschen sehe, macht es mich traurig. Alles riecht dort nach Zwiebäcken. Woher das wohl kommen mag? Das Leben dort muss eine einzige, langweilige Kaffeestunde sein. Ich sehnte mich hinaus. Der Wald jetzt ist doch das Eleganteste, das es gibt. Wie fein der Schnee knirscht, wenn man darauf geht, wie Zucker. Das müsste man im Sommer machen, einen Weg mit Zucker bestreuen, und am Rande müssten ganz rote Tulpen stehen. Und wo waren Sie?«

Werner erzählte von der Mutter Gehda und wie sie den Tod nicht erwarten konnte.

»Dieser Besuch hat Sie wohl traurig gemacht?«, fragte Karola und sah enttäuscht zu Werner auf

»Nein«, meinte er. »So was beruhigt, dieses Haus, in dem man auf den Tod wartet, ärgerlich und ungeduldig, wie auf den Zug, der Verspätung hat.«

»So. Dann fürchtet sie sich also nicht«, sagte Karola befriedigt. »Wenn die Leute leben wollen und nicht dürfen, das lieb ich nicht.«

Sie traten aus dem Walde hinaus. Vor ihnen lag die Ebene, ganz übergossen von zentifolienfarbenem

Licht. Die Sonne war im Untergehen. Um sie her, in einem fliederfarbenen Himmel, bauten sich große, bunte Wolken auf, langgestreckt stachen sie wie goldene Klingen in den Himmel, oder sie rundeten sich wie rosenfarbene Nacktheiten, an denen goldene Schleier hingen. Karola stieß einen kleinen Schrei aus, dann stand sie still, ließ die Arme niederhängen, wie wir unter einer Dusche stehen. Das rot angeleuchtete Gesicht hob sie zu Werner auf:

»Stehen Sie still«, rief sie ihm zu. »Fühlen Sie, wie's an einem niederfließt? Ich spür' ordentlich, wie die Wellen kommen, rosa und goldene Wellen.«

Sie schaute in die Sonne. Ihre Augen wurden wieder ganz schmal, leuchtende Striche zwischen den schwarzen Wimpern.

»Sie sind auch ganz rosa, Pastor, ein rosa Gesicht, einen rosa Bart.«

Sie lachten sich an, öffneten den Mund, als könnten sie das Licht trinken.

Die Sonne sank. Sie war nur noch eine rote Halbkugel.

»Sie geht – sie geht!«, rief Karola. Mit ausgebreiteten Armen lief sie den Weg entlang, der Sonne nach.

Die Sonne war untergegangen. Alle Lichter erloschen auf der Ebene. Oben verblassten die Wolken. Ein blaues Dämmern kroch sachte über den Schnee.

Karola war stehen geblieben.

»Alles weg«, sagte sie bedauernd.

Der Himmel wurde glasig und farblos. Ein weißes Stück Mond hing in ihm.

»Wie so 'n bisschen Licht einen aufregt«, bemerkte Karola entschuldigend. »Ich bin müde. Geben Sie mir Ihren Arm, Pastor. Gott, bin ich gelaufen!«

Sie hing sich an Werners Arm. So gingen sie langsam durch die zunehmende Dämmerung über die Ebene. Karola sprach jetzt ruhig, ein wenig traurig vor sich hin:

»Ich glaube, weil die Lampe bei uns immer verhängt wird, scheint die Dämmerung mir traurig. Eben war es so, als ob Jakob die Haustür verschließt. Ich lege den grünen Schirm über die Lampe, und der Abend beginnt.«

»Aber Sie, gnädige Frau«, sagte Werner, »Sie sind ja nicht traurig. Sie sind ja geduldig und fröhlich.«

Karola zuckte die Achseln.

»Das haben Sie schon zuweilen gesagt, Pastor, Sie wollen an mir wohl eine Tugend loben. Geduldig, mein Gott! Ich mag es aber nicht besonders, wenn Sie mich bemitleiden.«

»Nein – Sie darf man nicht bemitleiden«, versetzte Werner schnell.

»Mich nicht?« Sie hob ein wenig den Kopf und sah Werner mit dem scharfen Blitzen ihrer Augen an. »Warum?«

»Weil –«, Werner dachte einen Augenblick nach. Dann zeigte er auf die beiden Schatten, die der Mond, groß und blau, vor ihnen auf den Schnee legte: »Sehen Sie Ihren Schatten?«

»Nun und?«

»An diesem Schatten seh ich, dass Sie nicht heimlich an etwas Schwerem tragen.«

Karola lachte. »Pastor, was ist das mit dem Schatten, sagen Sie?«

»Eine Geschichte.«

»So erzählen Sie.«

»Ich war früher in einem kleinen Pastorat nah an der Grenze. Ich hatte mich auf der Jagd verirrt. Es war spät geworden. Der Mond schien, so wie heute. Sie wissen, es wird dort viel geschmuggelt. Nun, auf einer Lichtung an einem kleinen Fluss sah ich einen Zug langsam hingehen. Juden waren es wohl. Lange Röcke, lange Bärte, große Hüte. Es schienen sehr starke, große Leute zu sein. Sie gingen langsam, ein wenig gebückt, ein wenig mühsam vielleicht. Sonst war aber nichts Besonderes an ihnen zu sehen. Aber neben ihnen, auf dem Boden, gingen ihre Schatten her – riesige, dunkle Schatten, und diese Schatten waren seltsam unförmig. Die Schatten hatten Buckel und Ausbuchtungen und Beulen. Die Schatten trugen an etwas schwer, sie verrieten es, wie schwer beladen diese Leute waren.«

»Ich versteh' nicht recht«, sagte Karola und schaute aufmerksam auf ihren Schatten nieder.

»Nun«, erklärte Werner, »Leute, die heimlich schwer an etwas tragen, die bemitleide ich. Aber Ihr Schatten, sehen Sie, wie schlank und leicht er über den Schnee gleitet. Fast leichtsinnig. Heimliche Lasten entstellen immer.«

»Ganz leicht«, wiederholte Karola. »Und Ihrer?«

»Ich weiß nicht.« Werner richtete sich gerade auf, um seinen Schatten schlanker zu machen. »Vielleicht doch ein wenig unförmig?«

»Nein«, rief Karola eifrig. »Sehen Sie, wie leicht er geht. Nun ja, Sie sind stark, Sie können leicht viel tragen.«

Sie schweigen eine Welle und folgten mit den Blicken den Schatten, die vor ihnen hergingen.

»Und Karl Pichwits Schatten«, sagte Karola darin, »wie mag der sein?«

»Der? Ich weiß nicht.«

»Ich glaube, der ist auch ein wenig verzeichnet«, meinte Karola nachdenklich.

Das letzte Stück Weges wurde nichts mehr gesprochen. Still gingen sie durch die glashelle Mondnacht. Karola war müde und stützte sich schwer auf Werners Arm. Vor ihnen glitten die beiden Schatten hin, so eng aneinandergeschmiegt, als umarmten sie sich.

»Hier ist Peter«, sagte Karola. »Danke! Das war gut. jetzt zur Lampe zurück. Kommen Sie bald, Pastor. Verlassen Sie uns nicht.«

Sie reichte ihm die Hand, stand ganz nahe vor ihm und sah ihm in die Augen.

»Gewiss, Frau Baronin, ich komme«, sagte Werner, weich, als sei es eine Liebeserklärung. Sie setzte sich in den Schlitten und fuhr die Allee hinab.

Werner stand noch lange an derselben Stelle und hörte dem Klingeln der Schellen zu, das so hell in die Mondnacht hinauslachte.

Langsam und sinnend ging er dann heim, einer stillen, heimlichen Heiterkeit in seiner Seele zuhörend.

Im Pastorat war noch kein Licht gemacht. Lene saß im Wohnzimmer am Fenster und schaute den Mond an.

»Nun, Kind, träumst du?«, sagte Werner freundlich.

»Ja, der Mond ist so hell«, erwiderte Lene, ohne aufzustehen und ihm entgegenzukommen.

»Also verstimmt«, dachte Werner. Das war ärgerlich. Gerade heute hätte er gewünscht, dass alles harmonisch um ihn wäre. Er beschloss, nicht darauf zu achten.

»Ja, ein schöner Abend«, begann er wieder »der macht sentimental. Steck' das Licht an, Kind, wir wollen ein wenig musizieren. Was?«

»Ja – gleich«, sagte Lene, aber das klang nicht begeistert. Da war ein Unterton säuerlicher Resignation. Als die Lampe und die Kerzen am Klavier brannten, sah Werner, dass Lene geweint hatte.

Natürlich! Heute jedoch tat er, als bemerkte er es nicht. Er wollte die kleinen, häuslichen Unannehmlichkeiten vermeiden, sich den Nachglanz des Abendrots, den Nachklang der lachenden Schellen in der Mondnacht nicht verderben lassen.

Lene setzte sich an das Klavier und schlug die Noten auf.

Werner plauderte unbefangen weiter.

»Der Baronin Werland bin ich begegnet.«

»So, deshalb kamst du wohl so spät nach Hause?«

»Ja, wir gingen ein Stück zusammen.« Werner sorgte dafür, dass nicht die geringste Ungeduld aus seiner Stimme klang.

»Und sie lässt den armen, kranken Mann solange allein«, sagte Lene.

»Das ist wohl nicht unsere Sache«, erwiderte Werner sanft. »Die Frau erfüllt gewissenhaft genug ihre nicht leichten Pflichten.«

Lene zuckte die Achseln und tat den unklaren Ausspruch:

»Wer erfüllt denn nicht seine Pflichten?«

Werner antwortete nicht auf diese Wendung, die das Gespräch ins ganz Persönliche hinüberleiten sollte. Die junge Frau mit den verweinten Augen tat ihm leid. Er wollte ihr etwas Gutes tun, er wollte recht schön singen. Die arme, leidende Seele sollte ganz in Gefühl und Süßigkeit gebadet werden. Das würde ihr guttun.

Lene legte die Hände auf die Tasten und wartete.

»Was willst du singen?«, fragte sie.

Werner blätterte im Notenheft. –

»›Du bist die Ruh‹, denke ich.«

»Gut.« Lene beugte sich noch näher an die Noten heran und versuchte die Begleitung. Werner schaute auf ihre Hände hinab.

»Du«, sagte er dann, »die Baronin Huhn hat mir ein Wasser empfohlen, – für die Hände. Das macht die Hände weiß.«

Lene zog schnell ihre Hände von den Tasten herunter.

»Für wen?«

»Für dich.«

»Für mich?«, fuhr Lene auf »Plötzlich sind dir meine Hände nicht weiß genug. Ja, ich hab' rote Hände. Natürlich, bei der Arbeit! Aber ich danke für das Wasser der alten Huhn. Bisher ist dir das nicht aufgefallen.«

»Warum regst du dich auf?« Werner versuchte zu lachen. »Es ist doch angenehmer, weiße Hände zu haben als rote, und wenn – – –«

»Gewiss.« Lene fing zu weinen an.

»Es ist vielleicht auch angenehmer, so schmale Schlangenaugen zu haben, statt solcher dummen, blauen Augen mit blonden Wimpern wie ich.«

Werner zuckte die Achseln. »Gut, also lassen wir das. Soll ich singen?« Lene wischte sich die Augen und begann zu spielen, noch immer schluchzend wie ein Kind.

Werner sang, aber die Lust dazu war ihm vergangen. Er sang schlecht und ohne Genuss.

»Es geht nicht!«, sagte er ärgerlich und brach ab.

Er ging in sein Zimmer, setzte sich an seinen Schreibtisch und starrte in das Licht der Lampe.

Warum musste das sein? Warum immer leiden oder leiden machen? Fühlte er ein wenig Glück, gleich musste das mit dem Schmerz eines anderen Wesens bezahlt werden. Warum? Seltsame Ökonomie, seltsame Buchführung!

Das Ehepaar Werner war ins Schloss Dumala zum Diner geladen.

Lene stand vor Werner und wollte seinen Rat.

»Was soll ich anziehen?«

Werner antwortete nicht gleich, weil er in dem Buch vor sich die Zahlenreihe zusammenaddieren wollte.

»Das Schwarzseidene?«

»Ja – ich denke«, sagte Werner ohne aufzuschauen.

Lene dachte nach.

»Ach«, meinte sie, »es ist so langweilig, immer schwarz. Die Pastorin natürlich in schwarzer Seide.«

»Wenn man nun mal Pastorin ist«, warf Werner hin, indem er weiter rechnete.

»Die Baronin wird natürlich hell sein«, fuhr Lene fort.

»Das glaube ich nicht«, meinte Werner. »Als Hausfrau wird sie wohl eher einfach gekleidet sein.«

Aber Lene bestand darauf: »Ach! Was die einfach nennt! Und dann, der Baron Rast wird da sein. Der soll ja ein so schlechter Mensch sein, wie man hört.«

Werner schaute auf »Hat das denn irgendeinen Einfluss auf deine Toilette?«

»Wenigstens«, beschloss Lene, »leg' ich dann die kirschroten Bänder um.«

»Tu das, Kind«, sagte Werner freundlich, »das wird hübsch sein. Auch wohl vielleicht, weil der Baron Rast ein schlechter Mensch ist?«

»Was hat das für einen Zusammenhang?«, fragte Lene und ging aus dem Zimmer.

Die Zimmer in Dumala waren heute alle erleuchtet. Die alten Möbel mit den verblassten Seidenbezügen und den großen gewundenen Lehnen standen mürrisch, wie im Schlaf gestört, im hellen Lampenlicht.

Als Werners in das Kaminzimmer traten, waren die anderen Gäste dort schon versammelt.

Die Baronin Huhn aus Debschen, in eine blanke, graue Atlasrobe, wie in einen Spiegel gekleidet, sehr erhitzt unter ihrer weißen Perücke, unterhielt sich mit dem Baron Werland, der im Gesellschaftsanzuge noch schmäler und gebrechlicher als sonst aussah.

Neben ihm am Kamin lehnte Behrent von Rast, breitschulterig und groß. Der Kopf war seltsam grell, mit dem kurz geschorenen schwarzen Haar über der geraden, niedrigen Stirn, mit dem Bart, der am Kinn geteilt, wie zwei schwarzblaue Flammen von beiden Seiten abstand. In dem bräunlichen Gesicht saßen zwei große, samtbraune Augen.

»Unangenehm!«, dachte Lene.

Karola begrüßte die Pastorin sehr herzlich.

»Wie freue ich mich, Sie hier zu sehen. Man sieht sich so selten.«

Lene errötete, weil sie überrascht war von der unumwundenen Falschheit dieser Freundlichkeit. »Sie ladet mich ja nie ein«, dachte sie. Vor dem Diner saß man zusammen und plauderte. Rast ließ sich von der Baronin Huhn und Werland über Landwirtschaft belehren. – »Ach! – So ist es! Ich bin sehr dankbar. Gott! Ich bin so unwissend in der Landwirtschaft.«

Karola unterhielt sich zerstreut mit der Pastorin:

»Sie haben zu Hause viel zu tun, nicht wahr? Sie sind musikalisch, wie angenehm!«

Jakob öffnete die Türen zum Speisezimmer.

»Stütz dich nur auf meinen Arm, mein Alter«, sagte Rast brüderlich zu Werland.

»Danke! Ja, ich muss mich führen lassen«, meinte Werland. »Ich hätte nicht gedacht, dass ich noch die Beine anderer Leute werde pumpen müssen.«

»Mach' dir nichts draus«, tröstete Rast. »Es ist noch lange nicht erwiesen, dass Beine für ein angenehmes Leben durchaus nötig sind. Die großen Damen in China haben die Füße so gut wie abgeschafft.«

Bei Tisch saß Rast neben Lene, Werland nahm ihn jedoch in Anspruch. Er wollte mehr von den großen Damen in China hören. Werner unterhielt sich mit der Baronin Huhn, die von ihren Dienstboten sprach.

Simon, der Schweinehüter, sagte, er sei zum Schweinehüten da und wollte im Winter keine andere Arbeit so recht tun.

Karola, ein wenig bleich in ihrem dunkelroten Seidenkleide, der Mund unnatürlich rot, war einsilbig.

»Der Gang vorigen Abend«, fragte Werner, »ist er Ihnen bekommen?« Es war, als hätte sie ihn vergessen und müsste sich erst darauf besinnen.

»Der Gang? – Ach ja, der war schön.«

Rast hatte sich jetzt Lene zugewandt und begann eine Unterhaltung. Seine großen Samtaugen glitten dabei ruhig und frech über das Gesicht und die Gestalt der jungen Frau. Es war Lene, als streiften diese Augen langsam die Kleider von ihr ab. Sie wurde dunkelrot.

»Wir sind ja Nachbarn. Wir werden, hoffe ich, gute Nachbarschaft halten. Der Pastor ist ja Jäger.«

»Mein Mann jagt nicht mehr«, berichtete Lene, »man sieht das hier nicht gern.«

»So?« Rast bedauerte es. »Schadet denn das Jagen der Würde? Hat die Frau Pastorin auch schwere Pflichten ihrer Würde?«

»Jeder hat seine Pflichten«, erwiderte Lene.

»Hm – streng sein; und so. Hübsch zu sein, ist wohl nicht erlaubt?«, meinte Rast. Lene machte ein sehr ernstes Gesicht. Sie wollte ihn in seine Schranken zurückweisen.

Er wandte sich von ihr ab und rief zu Karola hinüber:

»Wissen Sie, Baronin, Ihr Diner ist das Beste, das ich seit langem gegessen habe, daher darf ich das sagen. Man schmeckt sofort Tradition heraus.«

»Unser Jansohn ist auch der konservativste aller Köche«, berichtete Werland.

»Ja, ja, das schmeckt man«, bestätigte Rast. »Es ist, als legte er überall ein paar Blätter vom Stammbaum zu. Familienküche, das ist das Wahre. Man müsste es gleich herausschmecken können, diese Speise ist Werlandsch, – diese Huhnsch.«

»Viel saueren Schmand, das ist mein Familienspruch«, sagte die Baronin Huhn.

Als der Sekt kam, verstummten die Einzelunterhaltungen, und Rast sprach allein, erzählte Anekdoten aus aller Welt, eine nach der anderen.

Wie sie ihm alle zuhörten, wie sie lachten, auch Karola! Werner wunderte sich darüber. Ihm waren sie zuwider, diese Geschichten, und diese weiche, schnarrende Stimme, die die Worte so nachlässig hinwarf. Er schaute missbilligend zu Lene hinüber. Sie achtete nicht darauf. Sie hörte aufmerksam zu, legte ihr Taschentuch vor den Mund, weil sie so lachen musste.

Nur Pichwit blieb ernst und sah Rast missbilligend und ironisch an.

Nach dem Essen musste Werner wieder die Baronin Huhn unterhalten. Werland sprach mit Lene, nachlässig und schon ein wenig schläfrig. In einer Fensternische standen Rast und Karola. Werner konnte Karolas Profil sehen, das sich scharf und rein von dem dunkeln Vorhang abhob. Sie stand sehr gerade, die Taille ein wenig zurückgebogen. Werner hörte nur scheinbar der Geschichte von einer Trine zu, welche widerwillig war, die die Baronin Huhn ihm erzählte. Eine tiefe Verstimmung quälte ihn, ein Gefühl, als sei es nun mit etwas vorüber, das ihm lieb und nötig gewesen war.

Warum lachte Lene so unnatürlich? Und dann bewegte sie die Hände zu viel beim Sprechen, das sah ungeschickt aus. Er horchte zum Fenster hinüber. Rast schien von Pferden zu sprechen und von Rennen. Auch Karola lachte heute, wie sie sonst nicht lachte, so ein helles, girrendes Lachen. Konnte sie das denn wirklich unterhalten, was der große, schwarze Herr da erzählte?

Werner versank in Gedanken. Er sah das Zimmer vor sich, wie es an den einsamen Abenden war, wenn er hier saß, und Karola zu den Füßen ihres Gatten kauerte und mit der Hand über sein Bein hinstrich, und es ganz stille war, so still, dass sie das Nagen der

Maus hinter dem Getäfel hörten, und Karola zu ihm aufsah, und er zu ihr niederschaute, und ihre Blicke ruhig und lange ineinander ruhten, und ihr Schweigen eine so seltsam erregte Zwiesprache hielt.

Am Kamin war es still geworden. Werland schlief in seinem Sessel. Lene saß stumm und verlegen da.

Drüben am Fenster standen sie noch immer beisammen, aber ihre Stimmen waren jetzt gedämpfter. Ja, es ist schwer mit den Leuten«, schloss die Baronin Huhn ihre Erzählung und seufzte.

Die beiden Stimmen in der Fensternische waren nun der einzige Ton im Zimmer. Der Bass weich, ein wenig singend. Karolas Alt antwortete eindringlich, schien es Werner, und mit einem kindlichen Schmollen, das er an ihr nicht kannte.

Werner erhob sich. »Lene, es ist spät.«

Man brach auf.

Auf der Heimfahrt, im Schlitten, war Lene sehr gesprächig: sie hatte sich gut unterhalten, dieser Baron Rast war sehr merkwürdig –, interessant konnte man sagen. Man musste mit ihm auf seiner Hut sein, musste ihn in seine Schranken zurückweisen. Aber unterhaltend war er.

»Hast du ihn in seine Schranken zurückgewiesen?«, fragte Werner spöttisch.

»Gewiss« – erwiderte Lene.

»Übrigens«, sagte Werner, »musst du darauf achten, beim Sprechen nicht soviel zu gestikulieren. Das sieht schlecht aus.«

»Ich gestikuliere gar nicht«, behauptete Lene gereizt. »Und übrigens gestikulieren die anderen auch.« Nun schwieg sie gekränkt.

Werner war unzufrieden mit sich. Warum musste er dieses unschuldige, kleine Selbstbewusstsein niederschlagen, warum ihr den Abend verderben? – nur weil er sich unglücklich fühlte. Und warum war er unglücklich? Er hatte ja nicht einmal das Recht, unglücklich zu sein.

Lene aber musste ihre kleine Rache haben. Sie äußerte:

»Die Baronin hat aber heute mit dem Baron Rast kokettiert. Oh, die geniert sich nicht.«

Werner hatte aus Schloss Dumala längere Zeit nichts gehört. Der Winter mit plötzlichem Frost und dann wieder Tauwetter fing übel an. Überall herrschten Krankheiten. Werner musste Krankenbesuche machen und Beerdigungsreden halten. Er arbeitete stark und eifrig.

Der letzte Abend im Schlosse hatte etwas wie eine Unruhe, eine Qual in ihm zurückgelassen. Die mussten niedergekämpft werden, da sie ihm verdächtig erschienen.

Er sah Rast zuweilen nach Dumala vorüberfahren. Lene hatte eine unangenehme Art, das jedes Mal laut zu verkünden, als sei es ein Ereignis.

»Da fährt der Baron Rast wieder nach Dumala.«

»Nun ja, warum nicht«, antwortete Werner darin möglichst ruhig, aber es klang doch gereizt.

Sonntags sah Werner Karola in ihrem Kirchenstuhl. Neben ihr saß Rast in dem seinen. Sie nickten einander zu, lächelten. Zuweilen neigte Rast sich zu ihr hinüber, sagte etwas, wie im Salon. Karola hob ihren Muff an den Mund.

Werner schlug mit der Faust auf den Rand der Kanzel, donnerte auf die Gemeinde hinunter, so dass die alten Frauen aus ihrem Schlaf erwachten und verwundert zu ihm aufschauten.

Beim Mittagessen sprach er sich sehr streng über dieses Benehmen in der Kirche aus.

Als am Abend jedoch ein weißer Nebel sich über die Ebene legte, das Haus ringsum wie in feuchte Watte einpackte und die Welt eng, ganz eng machte, da trieb es Werner hinaus nach Dumala.

Ohne einen Gedanken daran zu wenden, ohne mit sich zu streiten, zog er den Pelz an, nahm den Stock. Er kannte das an sich. Wenn es in ihm plötzlich stark nach etwas schrie, da half nichts.

»Du gehst?«, fragte Lene verwundert.

»Ja, ich will in Dumala nach dem Baron sehen.«

»Jetzt – plötzlich?«

»Ja, jetzt – plötzlich.«

Draußen vermochte er kaum drei Schritte weit zu sehen. Überall das weiße, kalte Fließen, das alles verhängte, in dem er allein war, ganz, ganz allein. Alles andere war ausgelöscht, selbst die Töne erstarben. Das tat wohl. Wie in einer Unendlichkeit stand er, kein Anfang, kein Ende. Hier, in dieser Einsamkeit musste es gut sein, eines zu retten, das in Gefahr war. Heraus ans allem in diese kühle, weiße Einsamkeit mit ihm. ja, mit ihm, natürlich! Werner lächelte höhnisch über die Schliche seiner Seele. Mit ihm! Er war der rechte Retter! So wollte ja wohl auch Behrent von Rast retten.

Dumala fand er wie sonst. Die dunkle Zimmerflucht. Im Kaminzimmer saß Karola zu Füßen ihres Mannes und strich mit der Hand über die rote Decke auf seinen Beinen.

»Bravo, Pastor!«, rief Werland. »Sie haben uns vernachlässigt. Ich sagte es schon, der Barmherzigkeitssport ist unserem Pastor zu anstrengend geworden. Setzen Sie sich. Erzählen Sie.«

»Ja«, sagte Karola, »erzählen Sie, so von Waldhäuslern und Bauernhäusern, wo die Frauen schon um ein Uhr nachts ausgeschlafen haben, aufstehen und spinnen. Ist die Mutter Gehda gestorben?«

Ja, Mutter Gehda war tot. Sie war ruhig eingeschlafen, auf dem Gesicht den verdrießlichen Ausdruck, den sie in der letzten Zeit hatte, weil sie sich über den Tod ärgerte. Dann erzählte Werner von dem Waldhüter, der von Wilderern erschossen worden war. Er erzählte langsam und umständlich. Er sah dabei auf Karolas Hand, auf die blitzenden Ringe, die die Decke auf und ab fuhren, er sah zu ihrem Gesicht, zu ihren Augen auf, zögernd, als fürchtete er sich vor etwas, das er dort finden könnte.

Karola schaute nachdenklich in das Feuer, mit stetigen, seltsam schillernden Augen. Werner sah es diesen Augen an, dass sie ihm längst nicht mehr zuhörte. Sie war mit ihren Gedanken sehr weit fort.

Als er kurz abbrach, merkte sie es nicht.

Werland schlief.

Plötzlich ging eine Veränderung über Karolas Gesicht. Etwas Gespanntes kam hinein. Sie blinzelte mit den Wimpern. Es war, als horchte sie angestrengt hinaus.

Weit draußen kam ein Ton durch den Nebel, kaum hörbar. Aber Karola lauschte. Ihre Hand hörte auf, über die rote Decke zu streichen, und ein leichtes Rot stieg in ihre Wangen.

»Hören Sie, Pastor?«, fragte sie.

»Ja – ein Schlitten.« –

»Rast«, sagte sie und lächelte.

Es war unwürdig und lächerlich, sagte sich Werner, dass dieses Lächeln ihn so schmerzte.

Rast kam, den Bart feucht vorn Nebel, die Augen voll von einem herausfordernden, frischen Glanz. Mit seiner lauten Stimme, seinem Lachen weckte er das stille Haus aus seinem Schlaf.

»Solche Nebeltage sind tödlich«, sagte er. »Bei mir zu Hause – die Melancholie! Da muss man zusammenkriechen. Herr Pastor, an solchen Tagen müssen die Seelen in Ihrer Hand weich wie Wachs sein, wenn Sie ihnen von Licht sprechen. Na, und Licht kommt doch in der Religion vor.«

Er hatte viel erlebt. Jagden und Pferde wurden durchgegangen. Karola, von ihrem niedrigen Stühlchen, sah zu ihm auf, die Mundwinkel zu einem Lächeln bereit.

In der Zimmerflucht wurden die Lampen angesteckt. Jakob brachte den Tee.

Werland wurde auch gesprächig, er erzählte aus den Zeiten, da »ich noch meine Beine hatte«. Er neckte Pichwit, der zum Tee erschien und die Gesellschaft stumm und feindselig beobachtete.

»Gedichtet, Pichwit, was? Ich seh' schon. Blaue Ringe um die Augen – immer ein Zeichen starker, lyrischer Erregung.« Er kniff ein Auge zu und kicherte.

»Kommen Sie, Baronin«, sagte Rast. »Wenn ich eine Reihe erleuchteter Zimmer seh', muss ich darin auf und ab gehen. Ihr Saal hört ohnehin zu wenig Schritte.«

Karola und Rast begannen in den hellen Zimmern auf und ab zu gehen, Schulter an Schulter, Karola sehr schlank in dem blauen Tuchkleide mit der langen spitzen Schleppe.

»Gleich eifrig im Gespräch«, murmelte Werland.

Die drei zurückbleibenden Männer sahen durch die Tür dem Paar im Saale zu, aufmerksam und schweigend, als sei es ein Schauspiel, als warteten sie auf etwas, das geschehen sollte.

»Pichwit«, sagte Werland endlich, »gehn Sie mal in das Esszimmer und schauen Sie nach dem Barometer.«

Gehorsam erhob sich Pichwit und ging in das Nebenzimmer.

Werland kicherte, beugte sich vor, flüsterte:

»Oh, der passt auf, wie 'n Hund.«

Werner verstand nicht gleich. »Wem?«

»Denen da.«

»Denen?«

Werland winkte, er sollte leise sprechen. »Ich will Ihnen mal was sagen, Pastor. Wenn der Pichwit verliebt ist, das ist in der Ordnung, das macht mir Spaß; und Sie –«

»Ich?«

»Gleichviel, sprechen wir nicht von Ihnen«, fuhr Werland ungeduldig fort. »Das alles ist nichts. Das muss eine Frau haben. Aber der da«, er zeigte mit dem Daumen zum Saal hin, »der – ist mir ungemütlich. Der versteht sich auf blaues Blut. Das macht mich nervös.«

Werner fühlte es, dass er bleich bis in die Lippen wurde. Das ärgerte ihn. Er versuchte es, sanft und ermahnend zu antworten.

»Ich bitte Sie, Herr Baron. Das wäre Ja eine grundlose Kränkung Ihrer Frau Gemahlin.«

»Ba – ba – lieber Pastor«, unterbrach ihn Werland, »das ist französisches Drama: Mein Herr, Sie beleidigen mich.«

»Es ist doch natürlich«, wandte Werner ein, »dass die Frau Baronin die Unterhaltung des Baron Rast genießt. Sie hat nicht viel Unterhaltung.« Er wollte sehr gerecht sein.

»Sie brauchen niemanden zu entschuldigen«, flüsterte Werland. »Alles geht ganz natürlich zu. Alles auf der Welt geht natürlich zu. An Wunder glaub' ich nicht. Es ist ganz natürlich, dass die Nachtigall fortfliegt, wenn Sie den Käfig offen lassen. Aber dazu haben Sie sie doch nicht in den Käfig gesetzt.«

Werner machte ein beleidigtes Gesicht, beleidigt für Karola.

»Gott gab Ihnen, Herr Baron, eine Gattin von so klarem, reinem Blick und so ruhiger Güte und Geduld, dass es undankbar ist, so zu sprechen.«

»Danke, Pastor, danke«, unterbrach ihn Werland, »Predigten erbauen, aber beweisen nichts. Klaren Blick, sagen Sie. Ja, aber gerade die Klügsten sind hilflos vor so gewissen Dummheiten des Lebens. Diese Frauen werfen bei gewissen Gelegenheiten ihren Verstand mit Genuss beiseite, so wie sie ein enges Mieder aufhaken.«

Er hielt inne, seufzte, kicherte dann wieder:

»Der Pichwit kommt nicht zurück. Nein, der steht im Esszimmer und horcht. Oh, der passt auf! Hören Sie, Pastor, Sie sprachen da von reinem Blick und Geduld und so Sachen. Sie meinen, was man Tugend nennt. Bei Damen der Gesellschaft gebraucht man dieses Wort nicht gern, aber das meinen Sie, tugendhafte Gattin, nicht wahr?«

»Das meine ich«, bestätigte Werner. »Warum wollen Sie sich Ihren Frieden nehmen lassen und den Frieden Ihrer Frau Gemahlin stören?«

»Ich bin nicht ganz ruhig, das ist wahr – und das ist vielleicht dumm«, sagte Werland. »Einer, der keine Beine hat, sollte ruhig sein. Aber diese Tugend ist bei unseren Frauen Sache der Reinlichkeit, der Erziehung zur Reinlichkeit, wie das Bad und die gute Seife und das gute Parfüm. Nur, dass das Bad und die Seife von Pinaud und das Parfüm Gewohnheiten sind, von denen man sich schwerer lossagt als von der Tugend. Man sagt Leidenschaft oder Liebe, und darin glauben die Frauen, das, was sie für unreinlich halten, sei nun plötzlich eine feine Sache. Ich kenne diese Geschichten, ich bin jetzt, was man so nennt – objektiv – darin.«

»Wenn es Sie beunruhigt«, begann Werner ein wenig mühsam, »muss denn – – muss denn – der Baron Rast kommen?«

»Was wollen Sie!«, meinte Werland. »Soll ich ihm sagen: du – Rast – komm nicht, ich bin eifersüchtig? Das wäre so was für den. Nein, Pastor, Beine haben wir zwar nicht, aber lächerlich machen wir uns trotzdem nicht. Es geschieht ja nichts! Konversation! Sie sind Pastor, Ihnen kann man beichten. Ein Beichtvater ist ein Mann, dem ich die lächerlichsten Sachen erzählen kann und der mich nicht auslachen darf. Nehmen wir an, ich hätte nichts gesagt.«

Er schaute durch die Tür in den Saal.

»Wo sind Sie denn geblieben, zum Teufel! Pichwit!«, rief er.

Pichwit erschien in der Tür.

»Das Barometer fällt«, meldete er.

»Wo sind die beiden?«, fragte Werland.

Pichwit zuckte die Achseln. »Die Frau Baronin«, berichtete er, »wollte dem Baron Rast den alten Flügel und das Turmzimmer zeigen. Die Mamsell ging mit aufschließen.«

»Aha! antiquarische Interessen«, meinte Werland. »Und wovon sprachen sie denn vorher?«

Pichwit lächelte hochmütig: »Soviel ich hörte, erzählte der Baron von malaiischen Frauenzimmern.«

Werland lachte tonlos in sich hinein: »Bekannt, alte Technik, man spricht von anderen Weibern. Gute Nacht, Pichwit, schlafen Sie wohl.«

Als Pichwit gegangen war, bemerkte Werland: »Sehen Sie, der, der hat so das, was man gewöhnlich mit Liebe bezeichnet. Na, – aber Schluss. Reden wir von etwas anderem. Bilden Sie sich nicht ein, Pastor, dass ich klage und dass Sie mich bemitleiden müssen.«

»Wir haben zuweilen seltsam erregte Momente. Das kommt, wir können nichts dafür.« Werner versuchte, etwas Passendes zu sagen, aber es klang ihm selber leer und verlogen.

»Danke, danke«, unterbrach ihn Werland. »Wie sagten Sie – Pflichterfüllung? Über den malaiischen Weibern und dem Interesse am alten Turmzimmer ist mein Bein heute doch ein wenig in Vergessenheit geraten. Na – ich sage nichts. Schluss.«

Eine andere Unterhaltung wollte nicht gelingen. Beide Männer sahen die Zimmerflucht hinab, horchten – warteten.

Endlich hörte man Stimmen. Karola und Rast kamen.

»Famoses altes Zimmer«, sagte Rast. »Das Bett mit den verblichenen grünen Damastvorhängen – und die zerfetzten Goldtapeten, was für eine gespenstische Üppigkeit da drin steckt. Unglaublich!«

Werland nickte: »Ja, ja. Das war wohl der Sündenflügel der alten Werlands. Dekorative Sünden. Das achtzehnte Jahrhundert hatte wenig Temperament, daher wurde die Sinnlichkeit dekorativ.«

Es war spät geworden.

»Ich bringe Sie nach Hause, Pastor«, sagte Rast. »Gute Nacht, Werland. Wenn es weiter so nebelt, ziehe ich zu euch in den alten Flügel.«

»In den Sündenflügel«, kicherte Werland.

»Ja, ja«, sagte Rast, »zu Hause bekommt man Einsamkeitsfieber.«

»Ein seltsames Haus«, sagte Rast zu Werner, als sie zusammen durch den Nebel fuhren.

»Ja«, erwiderte Werner kühl, »manches Schwere ist diesem Hause auferlegt.«

»Schwere?«, wiederholte Rast. »Ja, wegen des Werland. – Alle haben da was. Werland mit dem Bein, und die schöne Frau, und das kleine Gespenst von Sekretär, alle seltsam einsam, aber eine Einsamkeit, die fiebert –, die fiebern alle vor Einsamkeit. Das regt ordentlich auf, steckt an.«

»So Schweres auch dem Hause auferlegt ist«, sagte Werner, und er ärgerte sich selbst darüber, dass das so salbungsvoll klang, »die Baronin versteht es mit ihrer Güte und Klarheit, da Harmonie hineinzubringen.«

»Opfer«, sagte Rast, und ließ die Peitsche knallen. »Was soll sie machen? Ein Mann ohne Beine. Da setzt sich alles in Opfer um. Bekanntes Phänomen. Chemie der Sinnlichkeit.«

»Um diese Frau zu verstehen«, meinte Werner gereizt, »dürfte keine andere Formel genügen, als Hochachtung.«

»Ganz Ihrer Ansicht, Herr Pastor«, erwiderte Rast. »Aber da sind wir ja bei Ihnen. Gute Nacht.«

Lene schlief schon, die Wangen heiß, zwischen den blonden Augenbrauen eine kleine, aufrechte Falte, ein schwermütiges, kleines Zeichen, das der einsame Abend zurückgelassen hatte. Leise legte Werner sich in das Bett. Lene atmete ruhig und regelmäßig neben ihm. Draußen tropfte der Nebel vom Dache, ein stetiges, geschäftiges Flüstern, eine heimliche, traurige Geschichte, die die Nacht sich erzählte.

Und in der Stille und Dunkelheit dieser Nacht war plötzlich etwas da – bei Werner – in ihm, etwas Fremdes, dem er fast mit Neugier zuschaute. Also so ist es, wenn wir hassen.

Er war stark, er war jähzornig. Er kannte es, wie die Wut heiß in die Glieder fährt und es eine Erlösung ist, die Hand schwer auf eine Wange niedersausen zu lassen.

Aber dieses jetzt war anders: – Dieses bohrende, beständige Denken an einen Mann mit dem Gefühl des Widerwillens, mit fast körperlichem Schmerz. Die Gedanken begannen zu mahlen. Rast bleich und hilflos zwischen Werners Händen. Rast vor Karolas Augen gedemütigt – lächerlich und verächtlich. Kindische Phantasmen, denen er nicht wehren konnte. Immer das quälende, heiße Verlangen, Rast leiden zu sehen, quälend, aufdringlich, wie ungestilltes, sinnliches Begehren.

Da sollte er nun die Leute trösten und ihnen in die Seele reden. Was wissen wir denn, was in unseren

Seelen ist. Etwas Fremdes kommt, herrscht. Wir können nur zusehen.

Musst du denn jetzt so häufig nach Dumala?«, fragte Lene.

»Ja, ich muss«, antwortete Werner im Ton der Autorität.

»Warum?«

»Weil der Baron leidet und es ihn beruhigt, wenn ich da bin.«

»Du kannst ihm ja doch nicht helfen.«

»Ich bitte dich«, Werner wurde streng, »mir nicht in das, was ich für nötig halte, hineinzureden.«

»Sie haben dort ja Gesellschaft genug«, fuhr Lene eigensinnig fort.

»Wieso?«

»Der Baron Rast fährt ja so häufig hier vorüber.«

»Seine Sache«, meinte Werner. »Du scheinst dich dafür zu interessieren, ob er vorüberfährt.«

Nun schlug Lene die Hände vor das Gesicht, weinte und klagte:

»Was soll ich denn tun? Ich bin ja immer allein. Nun soll ich nicht einmal mehr sehen, wer vorüberfährt!«

Werner nahm seine Mütze vom Nagel und ging.

Die weinende Frau da drinnen hatte recht. Und er – er tat, als erfüllte er streng und weise seine Pflicht, er ging einen unreinlichen Weg, das sah er so klar, als ginge ein anderer diesen Weg, und er schaute ihm nach und wunderte sich, wohin der wohl geraten wird.

Aber nach Dumala musste er. Es war ihm, als sei ein wichtiger Posten unbesetzt, wenn er nicht im Kaminzimmer, im Scheine der grünen Lampe saß.

Es war immer dasselbe. Karola war zerstreut und sah verträumt ins Feuer und horchte hinaus. Und dann klingelten die Schellen draußen.

»Ah, Rast!«, sagte sie.

Sie verbarg es nicht, wie lustig dieses Schellengeklingel ihr in die Glieder fuhr. Sie richtete sich auf, streckte die Arme, in einer ihr ungewohnten Bewegung des Sichgehenlassens, als schüttele sie die Schläfrigkeit der Stunden ohne ihn von sich ab. Sie ging Rast entgegen, lächelnd, mit flimmernden Augen.

Und er kam, füllte den Raum mit seiner klingenden Stimme, seinem sorglosen Lachen, seinem englischen Parfüm. Die Lichter wurden angezündet. Es wurde festlich, ihm zu Ehren.

Wenn nach dem Tee Karola und Rast im Saal auf und ab gingen, saßen Werland, Pichwit und Werner am Kamin, schweigsam und wachsam. Wenn sie sprachen, so sprachen sie mit gedämpfter Stimme. Pichwit ging nach dem Barometer und blieb lange fort. Werland flüsterte und kicherte:

»Haben Sie bemerkt, Pastor, denen dort geht nie der Stoff zur Konversation aus.«

»Ja, Baron Rast ist sehr unterhaltend«, erwiderte Werner matt.

»Gott!«, meinte Werland, »Sie brauchen einer Frau nur einige Mal zu sagen: ›Ich bin sehr interessant‹, dann glaubt sie es.«

Ein starker Wind hatte die Nebel zerstreut. Als Werner gegen Abend von einem Gang in das Dorf dort hinter dem Walde nach Hause ging, stand ein goldener Himmel über dem Lande. Durch die feuchten Tannenzweige schlüpfte viel schwergoldenes Licht. Werner ließ das Licht auf sich wirken. Er wollte nicht denken, nur das helle, stille Leben dieses Lichtes wollte er in sich hineintrinken.

Da hörte er vor sich den feuchten Schnee unter Schritten knirschen. Es war Karola. Die Hände tief in ihren Muff gesteckt, den Kopf geneigt, ging sie langsam und sinnend den Weg hinab. Beide sahen zu gleicher Zeit auf.

War es etwas wie Ungeduld, das einen Augenblick über ihre Züge ging?, fragte sich Werner.

Aber sie lächelte gleich wieder.

»Ah, Pastor, das ist hübsch!«

»So allein hier?«, fragte Werner.

»Allein«, erwiderte Karola. »Natürlich! Ich habe einen Spaziergang gemacht. Sehen Sie, wieder das schöne Licht. Erinnern Sie sich, wie wir das letzte Mal im Abendrot nach Hause gingen? Das war schön!«

»Ja, das liegt doch nicht gar so weit zurück«, meinte Werner.

»Nicht?«, sagte Karola. »Ach, alles geht so schnell – schnell vorüber, wie *Laterna magica*-Bilder.«

Durch den Wald kam Schellengeklingel, es entfernte sich, wurde schwächer.

»Dort fährt einer«, sagte Werner und horchte.

»Ja – er fährt fort«, erwiderte Karola ruhig.

Beide schwiegen.

»Sie sind gut, glaube ich«, sagte Karola plötzlich aus ihren Gedanken heraus.

Werner lächelte. »Warum bin ich gut?«

»Weil Sie«, versetzte Karola, »die, welche Sie lieben, glaube ich, gut schützen? Sie sind friedlich und stark.«

»Ich?«

Karola sah in die untergehende Sonne und dachte nach. »Ich glaube, die Beschäftigung mit den ewigen Dingen macht friedlich. Ewig, – das klingt, als ob alles aus wäre und nur Ruhe – große Ruhe. Ja, der, den Sie lieben, ist gut geborgen.«

»Es – es ist doch wohl –«, begann Werner, seine Stimme klang ein wenig unsicher, »es ist doch wohl für jeden das Schönste, das zu schützen, was er liebt.«

Karola nickte. »Ja – ja. Aber es ist gut, wenn Liebe stark und friedlich ist.«

Das Abendlicht floss wieder grell über die Ebene, als sie aus dem Walde traten und in die lange Allee einbogen.

»Warum sprechen Sie von – geschützt werden«, fragte Werner. »Kann ich – – – wollen Sie geschützt sein?« Das kam zögernd und ungeschickt heraus.

»Ich?« Karola lachte. »Mein Gott! Ich bin ja so furchtbar geborgen.«

Dann zeigte sie auf ihre Schatten, die vor ihnen auf dem Schnee lagen. »Und die Schatten, haben die sich verändert?«

Werner schüttelte den Kopf »Nein – nein – Ihrer ist ganz leicht und frei. Zum Verheimlichen haben Sie kein Talent, gnädige Frau.«

Karola lächelte ein seltsam hochmütiges Lächeln, das er an ihr noch nicht kannte, und sagte in einem Ton, der ihm missfiel:

»Wozu auch?«

Am Ende der Allee trennten sie sich.

»Auf Wiedersehen, Pastor, Sie kommen doch zu uns«, sagte Karola und reichte ihm die Hand. »Was machen Sie für seltsame Augen? Ach, es ist wohl die Abendsonne, wenn die sich in den Augen spiegelt, dann werden die Augen ganz wild.«

»Ich bin friedlich und stark«, dachte Werner auf dem Heimwege. »Und sie ist wohlgeborgen und hat nichts zu verbergen. So geht man liebevoll durch den hübschen Abendschein, und einer legt dem anderen freundlich seine Lügen an das Herz.«

Der Waldhüter Erman war bei Werner. Gott, sah der Mann zerlumpt aus mit seinen Bastschuhen, der schlecht geflickten Hose, dazu das traurige Trinkergesicht. Er war auch heute leicht angetrunken. Werner hatte ihn zu sich bestellt, um ihm eine Strafrede zu halten. Seine Frau klagte beständig über ihn.

»Eine Schande ist es«, fuhr er ihn an. »Sieht so ein herrschaftlicher Waldhüter aus? Nicht einmal Stiefel hast du bei diesem Saufen, und Frau und Kinder verhungern.«

»Ja – ja – Sünde ist's«, sprach Erman weinerlich vor sich hin. »Was kann man machen!«

»Nicht saufen!«, schrie Werner ihn an.

»Nicht saufen, – nicht saufen«, wiederholte Erman. »Wer kann das! Was hat man sonst!«

»Jetzt bist du schon betrunken«, fuhr Werner fort. »Glaubst du, der Baron Rast wird solch einen Lumpen als Waldhüter behalten?«

»Der Baron – der!« Erman lächelte verschmitzt.

»Was heißt das?«

»Mit dem ist's auch nicht richtig.«

»Was sprichst du da!« Der Mann war betrunken, er sollte ihn fortschicken, sagte sich Werner, aber er schickte ihn nicht fort, er schwieg, er wartete, was der Mann sagen würde. Erman dachte nach, sah mit den verschwommenen wasserblauen Augen zur Decke hinauf, suchte seine Erinnerungen zusammen.

»Ja, es war so, Herr Pastor«, begann er. »Weil die Hasen jetzt so fest liegen, sind die Wilddiebe hinter ihnen her in letzter Zeit, die Racker. Nun denk' ich, ich werd' mal nachsehen. Ich steh' auf und geh' ins Revier. So nach eins kann es gewesen sein. Gefroren hatte es ein bisschen, das Moos krachte so beim Gehen. Heute werden die Hasen nicht festliegen, denk' ich. Und wie ich zur Galgenbrücke komme, denk' ich, ich setz' mich hin und rauche eine Pfeife. Und wie ich sitz' und rauch', da seh' ich vor mich hin, und da seh' ich, über die Brücke geht eine Spur – eine frische Schlittenspur. Die Bretter waren weiß vom Reif und – eine Spur. Da ist einer gefahren, siehst du mal an! Von der Sielenschen Seit' nach der Dumalaschen. Das kann nur der Teufel sein. Ich sitz' und denk': der muss Eile gehabt haben, auf dem kürzesten Wege nach Dumala zu kommen. Und richtig, da kommt was von der Dumalaschen Seite, den kleinen Weg hinauf. Kommt still, still, ohne Schellen, ein großes, schwarzes Pferd und ein Schlitten, und drin sitzt der Sielensche Baron, der Bart weht nur so. Neben ihm der kleine Diener, die kleine Kröte, der schläft fest. So kommen sie, gerade auf die Brücke los und rauf und auf das Pferd losgeschlagen und hinüber, wie ein Blitz und fort, den kleinen Weg nach Schloss Sielen. Ist's nu der Baron gewesen oder ist's der Teufel gewesen. Fährt der über die Galgenbrücke!«

»Betrunkener Kerl«, sagte Werner heiser, »was du gesehen hast!«

»Ganz gut, Herr Pastor«, erzählte Erman weiter. »Das sagt' ich mir auch den anderen Morgen. Na, und die nächste Nacht geh' ich um dieselbe Zeit und sitz' dort und rauch' und warte. Ja, und da kommt es wieder den kleinen Weg nach Dumala herauf. Das schwarze Pferd, und der schwarze Herr sitzt im Schlitten, der Bart weht, und der kleine Diener schläft. Ich sah alles hübsch deutlich. Und wieder über die Galgenbrücke herüber. Der Diener wacht nicht auf, und die Bretter knacken, ganz schwindlig wird mir's, nun und da sind sie hinüber und fort. Mit dem ist's nicht richtig, mit dem schwarzen Baron. Über die Galgenbrücke – Gottchen!«

»Nach ein Uhr?«, fragte Werner.

»Ja, so was wird's wohl gewesen sein«, meinte Erman.

Werner stand einen Augenblick schweigend da, sehr bleich und nagte an seiner Unterlippe.

»So über die verfaulten Bretter«, erzählte Erman weiter, »unten gurgelt das Wasser. Ist das ein Gespenst, denk' ich! Du gehst, denk' ich mir, und schaust dir die Spur an. Gespenster haben keine Spur. Und richtig, eine gute Schlittenspur. Sie geht, – geht den kleinen Weg nach Dumala runter, bis an die hintere Pforte des Gartengitters – und da hinein. Die Pforte war zu, aber nun wusst' ich, wo er war. Was er da zu tun hat, das ist nicht meine Sache. Aber der hat Eile. Über die verfaulten Bretter!«

Werner hatte ganz still zugehört.

»Über die verfaulten Bretter«, wiederholte Erman unsicher. Es war ihm unheimlich, dass der Pastor so stumm und bleich dasaß.

»Du verdammter, besoffener Kerl«, donnerte Werner plötzlich los. Er war aufgesprungen, packte den erschrockenen Erman an die Brust, schüttelte ihn, als sei er ein Bündel Lumpen. »Was schwatzest du hier? Bin ich dein Narr, dass du mir deine besoffenen Geschichten, deine verdammten Schnapsgeschichten vorerzählst?« Und er schüttelte ihn, hob ihn in die Höhe, am liebsten hätte er ihn gegen die Wand geworfen, dass ihm alle Knochen brachen ... dann plötzlich ließ er ihn los, wandte sich ab. »Geh!«, – sagte er.

Erman wimmerte leise:

»Ach Gottchen, Gottchen. Was kann ich dafür! Meinetwegen kann der schwarze Baron sich auf der Galgenbrücke den Hals brechen. Ein armer Mann trinkt Schnaps. Das ist Sünde, sagt der Herr Pastor. Herrschaften haben wieder ihre Sachen. Na, wenn einer Augen hat, sieht er mal was. Da kann ich nichts dafür.«

So vor sich hinbrummend, schob er sich langsam zur Tür hinaus.

Werner saß regungslos auf dem Sessel am Schreibtisch die langen Nachmittagsstunden hindurch. Vor ihm lag ein Kontobuch aufgeschlagen. Die Sonne ging unter. Rote Abendlichter zogen über die Wand. Die Blätter des Kontobuches wurden rot. Werners Bart flammte rotgolden auf. Dann verblaßten und erloschen die Lichter. Die Dämmerung fiel wie feiner Aschenregen auf die Gegenstände. Lene ging draußen ab und zu. Es roch nach Kaffee. Lene steckte den Kopf durch die Türe:

»Kommst du?«, fragte sie.

»Nein, trink nur allein den Kaffee«, erwiderte Werner, »ich will die Arbeit hier beenden.«

Und die ganze Zeit über war es ein einziger Gedanke, der in ihm arbeitete, eintönig und eigensinnig sich wiederholte: »Gewissheit – wie kannst du Gewissheit haben?« Dieser Gedanke schmerzte, als sei die Gewissheit schon da, ein zorniger, dumpfer Schmerz, an dem sein ganzer, großer Körper teil hatte, als sei etwas, das zu ihm gehörte, gewaltsam von ihm losgerissen worden.

Seine Abendbesuche in Dumala hatte Rast in letzter Zeit eingestellt. Karola schien ihn auch nicht zu erwarten, sie horchte nicht hinaus nach dem Schellengeklingel. Das sagte sich Werner jetzt. Also – über die Galgenbrücke – den geraden Weg nach dem Park von Dumala – zu der hinteren Pforte und dann – dann – –

»Du bist ja im Finstern, du Armer.« Es war wieder Lene, die in das Zimmer schaute.

Werner fuhr aus seinen Gedanken auf. »Ja – ich – ich -hab' über etwas nachgedacht.«

»Soll ich die Lampe bringen?«

»Nein – nein – ich komme an den Kamin.«

Er sehnte sich jetzt nach Licht, nach Traulichkeit, nach Lenes Geplauder, dann würde es vielleicht nachlassen, dieses angestrengte, ermüdende Denken des einen Gedankens.

Er saß am Kamin, müde wie nach einem langen Gange.

»Sprich – erzähl«, sagte er zu Lene. »Du warst bei Doktors?«

Ja, Lene war bei Doktors gewesen. Die Kinder waren krank. Das Mädchen hatte eine Halsentzündung, das Kleine zahnte.

»So – wirklich.« – Werner versuchte es, sich dafür zu interessieren.

Der Doktor Braun war aus Debschen gekommen. Die Baronin hatte einen Gichtanfall.

»Ja – das geht so weiter«, murmelte Werner. Er war mit seinen Gedanken wieder auf dem Wege von der

Galgenbrücke nach dem Park von Dumala – und dort – geschah ihm ein großes Unrecht.

»Was hast du denn jetzt soviel zu tun?«, hörte er Lene fragen.

»Ich? – Ja – du weißt – am Ende des Kirchenjahres ist's so«, antwortete Werner. »Ich werde ein gutes Stück der Nacht zu Hilfe nehmen müssen.«

»Die dummen Rechnungen!«, seufzte Lene.

Der Abend verging für Werner traumhaft genug. Lene war heiter und gesprächig, daraus schloss er, dass auch er einen gemütlichen Eindruck machte. Lene freute sich beim Abendessen, dass es ihm schmeckte, also schien es, dass er mit Appetit aß.

Später zog er sich wieder in sein Zimmer zurück, uni zu arbeiten.

Er stützte den Kopf in die Hand und schaute in das Kontobuch.

Jetzt wusste er es, er musste hinaus, er musste dort an der Brücke und am Parkgitter stehen.

Nun wartete er, dass die Stunde kam. Er horchte hinaus, wie es stiller im Hause wurde, wie die Uhren schlugen. Lene kam und ließ sich auf die Stirne küssen.

»Hast du noch viel zu tun, du Armer?«, fragte sie.

»Es geht«, antwortete er freundlich. »Gute Nacht.«

Werner wurde unruhig. Er trat an das Fenster. Die Nacht war sternhell. Ein scharfer Nordwind fegte über die Ebene.

Jetzt litt es Werner nicht mehr in dem Zimmer, bei der Lampe. Es war ihm, als könnte er etwas Wichtiges versäumen.

Leise zog er sich seinen Pelz an, stülpte die Mütze auf den Kopf und schlich vorsichtig zum Hause hinaus.

Draußen blieb er einen Augenblick stehen und bedachte sich. Er war ganz ruhig. Ein sicheres Wollen erfüllte ihn. Er machte seinen Plan, wie der Jäger, der ein Wild einkreist.

Durch die Tannenschonung musste der Schlitten kommen. Dort konnte er auch, durch die kleinen Tannen verborgen, den Weg nach der Galgenbrücke bis zum Parkgitter gehn.

Er trat seinen Weg an, sah zum Sternhimmel auf, bewunderte das Flimmern. Wie geschäftig solch ein Sternlicht ist, keinen Augenblick ruhig. Über den ganzen Himmel dieses eifrige, goldene Sichregen. Die jungen Tannen dufteten erfrischend bitter und strichen mit ihren vom Reif überglasten Nadeln, wie mit kleinen, kalten Krallen, über Werners Wange.

Ein Fuchs kam des Weges daher, den Kopf am Boden suchte er wohl eine Spur, die ihm verloren gegangen sein mochte. Furchtlos ging er an Werner vorüber.

Werner musste lachen.

»Raubtiere, die sich im Revier begegnen«, ging es ihm durch den Kopf. Im Gehen hatte er fast vergessen, warum er hier war. Es tat wohl unter dem Sternhimmel, mitten unter den stillen Bäumen und Tieren zu stehen, sich wie einer der Ihren zu fühlen, verantwortungslos und gedankenlos.

Jetzt sah er die Galgenbrücke vor sich – sehr hoch über der finstern Kluft hingen die beschneiten Bretter, ein heller Streif in all dem Schwarz. »Ja – hier hinüber, das ist der allernächste Weg nach Dumala« – dachte Werner.

Und wirklich, über den weißen Strich glitt etwas, ein dunkler Schatten, dann wie ein zierliches, schwarzes Spielzeug – ein Pferd – ein Schlitten. Lautlos huschte er über den Abgrund hin. – Nun war er mitten auf der Brücke – schwebte wie frei in dem Dunkel – jetzt musste – musste er versinken. Werner schien es, als könnte er mit seinem Wunsch, mit seinem Willen das zierliche, schwarze Spielzeug versinken machen. Sein Wunsch zerrte an den morschen Brettern, um sie zu brechen.

Der Schlitten war herüber.

Etwas wie eine große Enttäuschung machte Werner das Herz schwer.

Der Schlitten näherte sich ihm, er hörte den Hufschlag im weichen Schnee.

Von einer dichten Hecke junger Tannen verborgen, spähte er hinaus, wie das Gefährt an ihm vorübereilte. Er sah deutlich Rast, mit wehendem tintenschwarzem Bart. Er kutschte und hatte eine Zigarre im Munde. Neben ihm Damkewitz, der Groom, dieses seltsame Geschöpf, groß wie ein zehnjähriger Knabe, mit dem verwitterten Kindergesicht, das voller Falten war, wie gedörrt. Rast schnalzte mit der Zunge, um das Pferd anzutreiben, und der große, schwarze Traber griff mächtig aus. – Nun waren sie vorüber. Der Duft der Zigarre mischte sich mit dem herben Geruch der Tannen.

Werner ging den Weg, den der Schlitten gefahren war, hinab, ohne deutlichen Gedanken, mechanisch, ein wenig müde, wie wir es sind, wenn eine starke Spannung plötzlich nachgelassen hat, er ging, um das Programm, das er sich gemacht hatte, zu erfüllen. Da war die Tannenschonung, – der Baumgarten – die Eichenpflanzung und hier das Parkgitter.

Er versuchte es, die Pforte zu öffnen. Sie gab nach. Hinter den Bäumen, wie hinter einem dichten weißen Gitterwerk, lag das Schloss, eine große, schwarze Masse.

Als Werner darauf zuging, hörte er irgendwo den Ton eines aufschlagenden Pferdehufes. Er schaute sich um. Ja, dort in dem kleinen Schuppen, der im Sommer dazu diente, allerhand Gartengeräte aufzubewahren, stand der Schlitten mit dem schwarzen Pferde. In dem Schlitten, ganz in Pelzdecken gehüllt, saß Damkewitz und schlief.

»Wie das alles stimmt«, dachte Werner. Er fühlte einen Augenblick die Befriedigung eines Rechners, dem sein Exempel überraschend gut ausgekommen ist.

Er ging bis zu der großen Fliederhecke, dem alten Flügel und dem Turm gegenüber, stand dort und sah das dunkle Gebäude an. Nirgends ein Lichtschein. Der wahrte sein Geheimnis, dieser »Sündenflügel«, wie Werland sagte. Kein Zeichen von Leben. Aber wie

Werner dastand in den weißen Zweigen der Fliederhecke und hinüberstarrte, da war es ihm, als sehe er, was da drin vorging, sehe es mit unerträglicher Deutlichkeit – wie sie sich ganz schlank und weiß – mit flimmernden Augen zurückbiegt in seine Arme, die Lippen fieberrot und halb geöffnet. – –

Werner tauchte seine Hand in die beschneiten Zweige, um sie zu fühlen, er fasste sie und knickte sie, ließ sie knirschen. Er musste fühlen, wie er etwas zerbrach und zerstörte. – Das Dunkel des schweigenden Hauses war unendlich qualvoll. Wo sind sie? Wenn er nur einen Lichtschimmer sehen könnte! »Dort links im Turm. Ein Vorhang ist vorgezogen«, hörte er es neben sich flüstern.

Er schaute sich um.

Pichwit stand neben ihm. Im Sternschein schienen Sein Gesicht, die Augen, die Lippen – alles von der gleichen fahlen Blässe. Er zitterte vor Kälte und steckte die Hände tief in die Hosentaschen.

»Wo?«, fragte Werner.

Er wunderte sich nicht, Pichwit neben sich zu sehen. Es war, als habe er das erwartet.

»Links, Herr Pastor«, sagte Pichwit höflich. »Sehen Sie scharf auf das linke Fenster am Turm. Am Rande des Vorhanges werden Sie einen schwachen Lichtstreif bemerken.«

»Ja – ja – ich seh' es.«

»Das ist das Turmzimmer, in dem das alte, goldene Bett steht«, berichtete Pichwit.

Dann schwiegen beide. Sie standen nebeneinander und schauten zu dem schwachen Lichtstreifen am Turmfenster empor. Der eine hörte den beklommenen Atem des anderen und daneben einen leisen, dumpfen Ton, als ginge jemand sachte durch weichen Schnee. Das war das Pochen des eignen Herzens.

Die Schlossuhr schnarrte, als räuspere sie sich, und schlug zwei.

»Jetzt«, flüsterte Pichwit.

Im unteren Fenster des Turmes erwachte ein Lichtschein, verschwand, erschien tiefer unten.

»Sie steigen die Treppe herunter«, erklärte Pichwit.

Leises Knarren. Das Licht erschien in der Turmtüre. Frau Wandel, die alte Kammerfrau, hielt es und schützte es mit der Hand. Ihr geduldiges Pensionsvorsteheringesicht unter der schwarzen Spitzenhaube wurde einen Augenblick hell beleuchtet. Hinter ihr standen zwei. Die Schatten zweier Köpfe, sehr nahe beieinander, fielen auf die Wand. Endlich drängte sich Rasts breite Gestalt durch die Türe.

»Gute Nacht:«, sagte Frau Wandel feierlich.

»Schlafen Sie gut, Mutter Wandel«, antwortete Rast.

Die Türe schloss sich. Das Licht stieg wieder den Turm hinan.

Rast ging nahe an der Fliederhecke vorüber. Er pfiff leise vor sich hin, zündete sich eine Zigarette an. Das Zündholz beleuchtete grell sein Gesicht, den glänzenden Bart, die großen, braunen Samtaugen. Er ging vorüber. Pichwit und Werner lauschten. Das Knarren einer Fehmerstange drang zu ihnen, das Gleiten eines Schlittens, das vorsichtige Zuklappen eines Tores.

»Er ist fort«, flüsterte Pichwit. Da stand Werner nun mit seiner Gewissheit, nach der er sich gesehnt hatte, stand da und fühlte sich ganz ohnmächtig, ganz schwach, ganz elend. Er hätte heulen können wie ein Schuljunge.

»Gehn wir, Herr Pastor«, sagte Pichwit und berührte Werners Arm. Sie gingen durch die Parkwege, wo die Statuen in ihren hölzernen Winterhäuschen schliefen und die Rosen, dicht in Moos verpackt, auf den Beeten lagen.

Pichwit berichtete halblaut, mit einer klagenden Stimme, die zuweilen wunderlich umschlug, als mache ein Lachen oder ein Schluchzen sie unsicher.

»Das ist so vielleicht seit acht Tagen. Sie wissen, er kam des Abends nicht mehr. Sie rieb dem Baron wieder das Bein. Er war ruhig geworden. Ich wusste gleich, es geschieht etwas. Ich fühlte das. Sie sang jetzt zuweilen, wenn sie allein war, vor sich hin. Am Tage lag sie gern im großen Stuhl, die Arme hinter dem Nacken und lächelte. Sie wartete am Abend auch nicht mehr auf ihn. Ich suchte und suchte. Da – eines Nachts, ich konnte nicht schlafen – kam ich hier in den Park. Da wusste ich.« Er hielt einen Augenblick inne, dann fragte er: »Was werden Sie tun, Herr Pastor?«

»Ich?«, erwiderte Werner. »Was kann ich tun?«

»Doch! Sie werden etwas tun«, sagte Pichwit. »Ich – ich kann nichts. Ich wollte zu ihm gehn und ihn zum Duell fordern. Ich glaube, ich könnte ihn erschießen, ich glaube, das würde mir gegeben werden. Aber – wer bin ich! Er würde mich auslachen. Über Pichwit lacht man ja. Das wäre für ihn nur eine Anekdote mehr. Und dann – ich – ich kann nicht. Sie hat es verboten.«

»Sie hat es verboten?«, wiederholte Werner erstaunt.

»Ja – ja« – sagte Pichwit. »Ich sagte ihr gute Nacht. Da reichte sie mir die Hand und sagte – sagte leise, so dass die anderen es nicht hörten: ›Herr Pichwit ist mein treuer Page. Auf den kann ich mich verlassen.‹ Und da verstehn Sie, Herr Pastor, ich kann nichts tun. Wenn sie wollte, ich soll hier Wache stehn, während er oben ist, damit keiner sie stört, ich müsste es tun. Aber Sie – Herr Pastor, Sie!«

»Ach – ich!«, sagte Werner matt.

Aber Pichwit wurde eindringlich. »Sie sind groß, Sie sind stark, Sie sind schön. Ach! Ich war so eifersüchtig auf Sie. Ich sah es, wie sie sich freute, wenn Sie kamen, und ich sah, wie Sie sich einander in die Augen sahen – ja, das hab' ich gesehen. Ich war sehr unglücklich darüber. Aber jetzt – jetzt müssen Sie sie retten. Er darf sie nicht haben. Er ist schlecht und gemein, ich weiß das, ich fühl' das. Was werden Sie tun, Herr Pastor?«

Werner rüttelte sich aus der schweren, traumhaften Müdigkeit auf, die ihn bedrückte.

»Pichwit«, sagte er streng, »was sprechen Sie da? Sie sind ja krank. Sie sprechen wie im Fieber. Gehn Sie, legen Sie sich zu Bett. Sie müssen ja krank werden, wenn Sie hier im Frost stehn.«

»Daran hab' ich auch schon gedacht«, erwiderte Pichwit.

»Woran?«

»An das Krankwerden. Wenn ich krank werde, zum Sterben krank, wissen Sie, dann kommt sie zu nur, das wird sie wohl tun. Und dann sag' ich ihr alles. Wenn man stirbt, dann wird man ernst genommen, dann steigt man in der Achtung. Nicht wahr? Ein Sterbender ist nicht lächerlich. Was er sagt, das wird gehört. Es ist schon vorgekommen, dass das Wort eines Sterbenden einen Lebenden gerettet hat ...«

»Kind, Sie träumen«, unterbrach ihn Werner. »Gehn Sie, legen Sie sich nieder, decken Sie sich gut zu – und – keine Unvorsichtigkeiten.«

Werner hatte die Hand auf Pichwits Schulter gelegt. So redete er ihm väterlich zu.

Pichwit stützte den Kopf gegen Werners Arm und weinte.

»Nun, nun!«, redete Werner ihm zu, wie einem Kinde. »Fassen Sie sich. Das hilft nichts. Gehn Sie. Gute Nacht.«

Pichwit richtete sich auf, wischte sich die Tränen aus den Augen, und plötzlich sah Werner ihn lächeln, sah auf dem bleichen Gesichte das hochmütige, überlegene Lächeln.

»Gute Nacht, Herr Pastor«, sagte er. »Ich weiß – Sie – Sie werden etwas tun.«

Damit verschwand er hinter den weißen Hecken.

Werner ging nach Hause. Schlafen wollte er, liegen und vergessen – nichts anderes.

Als Werner am nächsten Morgen erwachte, hatte er das Gefühl, als läge eine Aufgabe vor ihm, eine schwere Arbeit. Was war es?

»Sie werden etwas tun«, klang Karl Pichwits erregte Stimme ihm ins Ohr. Das war es!

Der Tag war hell, das Pastorat voll gelben Sonnenscheins. Lene war rosig und gesprächig. Während Werner seinen Morgentee trank, lachte er mit ihr über irgendwelche geringfügige Dinge.

Er ging an seine Amtsgeschäfte. Leute kamen. Er ermahnte und schalt sie, war väterlich und jovial. All das ging gut vonstatten, nur erschien es ihm alles so vorläufig. Eine Aufgabe wartete seiner, das andere war nur ein Hinbringen der Zeit bis dahin. Er dachte nicht weiter darüber nach, er hütete sich davor, sich selber Zeit zu lassen, um sich auf das zu besinnen, was vor ihm lag und lauerte.

Am Nachmittag ließ er den Schecken einspannen, um nach Schloss Sielen zu fahren. Das war's, was er tun musste, und der Pastor Werner tat es, der eine Pflicht erfüllte, nicht der törichte unbegreifliche Mann, der gestern im mächtigen Park von Dumala gestanden hatte, Stunde um Stunde, um zu dem Lichtstreifen oben am Turm emporzusehen, mit einem schmerzhaften Begehren.

Pastor Werner fuhr zu Behrent von Rast, um eine Pflicht zu erfüllen, eine Amtspflicht, und eine Freundschaftspflicht.

Während er durch das grelle Nachmittagslicht dahinfuhr, dachte er nicht darüber nach, was er sagen und was er tun wollte. Da es eine Amtspflicht war, musste das von selbst kommen.

In Sielen wurde Werner vom Groom Damkewitz empfangen. Der Zwerg, sehr auffallend in die Rastschen Farben Gelb und Blau gekleidet, bedeckt mit großen Wappenknöpfen, sah wie ein abenteuerlicher kleiner Affe aus. Während er Werner durch die Zimmer geleitete, sprach er mit einer hohen, gedrückten Stimme, wie alte Frauen sie zuweilen haben.

»Der Herr Baron wird sich freuen. Der Herr Baron ist allein und ihm wird die Zeit lang. Etwas Gesellschaft wird dem Herrn Baron angenehm sein.«

Werner fand Rast in einem großen Zimmer, das ein mächtiges Kaminfeuer stark überheizte. Überall lagen und hingen Teppiche. Rast hatte sich in einen Burnus aus weißem Tuch gehüllt, lag auf dem Diwan und rauchte.

»Der Pastor, das ist hübsch. Also Sie gedenken doch der Einsamen«, rief er Werner entgegen.

Werner war steif und befangen, wie meist am Anfang eines Besuches.

»Ja – ich habe mir erlaubt –«

»Famos«, unterbrach ihn Rast. »Setzen Sie sich, Herr Pastor. Was – das Feuer zu nah? Sehen Sie, ich friere hier immer. Diese alten Familienhäuser sind so gebaut, als sollten die Familien durch Kälte möglichst lange konserviert werden. Aber wenn die Familien sich dem Ende zuneigen, scheint es, als vertrügen sie diese Temperatur nicht mehr recht, sie schlagen dabei um wie guter Bordeaux.«

Rast lachte laut über seine eigene Bemerkung, und Werner lachte höflich mit.

»Ein Likör gefällig?«, fragte Rast und goss aus einer vergoldeten Flasche einen rosenfarbenen Likör in ein Glas. »Nicht? Eine orientalische Erfindung, Rosenlikör aus wirklichen Rosen. Ein wenig süß – ja. Ich trinke ihn an kalten Tagen, denn er schmeckt wie destillierte, heiße Julitage. Aber nehmen Sie doch eine Zigarre.«

Rast war gesprächig, wie Leute es sind, die einen einsamen Tag verbracht haben und es nun ausnützen, dass sie jemanden haben, der ihnen zuhört.

»Ja, rauchen müssen Sie der Gerechtigkeit wegen. Bei einer Unterhaltung ist es ungerecht, wenn nur einer raucht, dadurch bekommt der andere einen zu großen Teil der Unterhaltung. Sehen Sie, wenn beide rauchen und dem einen geht die Zigarre aus, dann weiß man gleich, dass er ein zu großes Stück des Gespräches an sich gerissen hat.«

Werner lächelte.

»Nun, Herr Baron, in diesem Falle wollte ich auch mehr eine Mitteilung machen, als dass es hier auf eine Erwiderung ankäme.«

»Ah! Das ist etwas anderes«, meinte Rast.

Er lehnte am Kamin. Von dem weißen Burnus hob sich der Kopf sehr dunkel und ein wenig gewaltsam ab – das bräunliche, hübsche Gesicht, die blanken schwarzen Bartflammen zu beiden Seiten des Kinnes mit dem weichlichen Grübchen, die großen, braunen Augen mit dem feuchten, trägen Blick. »Ja – gewaltsam« – dachte Werner, als er ihn mit großer Abneigung betrachtete und mit dem Sprechen zögerte – »solchen gehört, wie den Zuchtstieren, ein Ring durch die Nase und angekettet in einem dunklen Stallwinkel, aus dem sie nur hervorgeholt werden, wenn sie nötig sind.«

»Die Sache ist die«, begann Werner, er hörte, dass seine Stimme sanft und pastoral klang: »Sie wissen, Herr Baron, ich komme durch mein Amt viel mit den Bauern der Gegend in Berührung und höre, was unter diesen Leuten gesprochen wird. Schließlich ist das Pastorat so eine Art Schallfänger für die Gerüchte, die durch das Kirchspiel schwirren. – Da ist mir nun ein Gerücht zu Ohren gekommen, das ich Ihnen, Baron, mitzuteilen für meine Pflicht hielt, weil – weil es dazu angetan ist, eine Dame zu kompromittieren. Wie gesagt, da es Sie betrifft, hielt ich es für meine Pflicht, Ihnen davon Mitteilung zu machen.«

»Ah!«, sagte Rast und schaute auf seine Zigarre nieder: »Sehr interessant. Worum handelt es sich denn?«

So leicht hier das gesagt war, Werner glaubte aus dem kühlen, ein wenig spöttischen Ton etwas wie eine Herausforderung herauszuhören, und das freute ihn, das machte ihn warm.

»Ich denke, auf die näheren Umstände einzugehen, ist wohl nicht nötig«, versetzte er. »Es handelt sich um – um nächtliche Fahrten, die beobachtet –, die bis zu ihrem Ziel verfolgt worden sind, aus denen Schlüsse gezogen werden, die einer Dame schaden können.«

Er bemühte sich, klar und geschäftlich zu sein.

»Und«, sagte Rast noch immer im leichten Unterhaltungston, »Sie, Herr Pastor, hielten es für Ihre Pflicht, mir das mitzuteilen?«

»Ja.«

»Für Ihre Pflicht als Pastor natürlich?«

Werner erhob ein wenig die Stimme, als er antwortete:

»Ja, als Pastor, gewiss – und als Ehrenmann und als Freund der betroffenen Familie.«

Rast wehrte mit der Hand ab und sagte bittend: »Nein, Herr Pastor, nicht das alles. Bleiben wir bei dem Pastor. Als Pastor, bitte.«

»Als was Sie wollen«, fuhr es Werner jetzt ziemlich grob heraus.

»Sehen Sie«, meinte Rast, »das mit dem Ehrenmann. Ein jeder setzt bei dem anderen voraus, dass er weiß, was ein Ehrenmann zu tun hat. Gewiss – sonst wär's ja beleidigend. Aber es ist besser, sich da nicht weiter auf Einzelheiten einzulassen. Es entstehen dann doch leicht Meinungsverschiedenheiten. Und Freund, mein Gott, Gefühle komplizieren die Sachen nur. Aber Pastor –, Pastor ist klar. Sie sind als Pastor verpflichtet, sich in die Angelegenheiten anderer Leute zu mischen, das ist Ihre Amtspflicht, peinlich vielleicht, aber sie wird erfüllt. Sehr achtbar!«

»Es handelt sich hier nicht um mich«, versetzte Werner hitzig. »Es handelt sich darum, dass eine Dame ...?«

»Oh bitte«, unterbrach ihn Rast sanft, »doch, es handelt sich um Sie. Sie tun Ihre Pflicht. Als Pastor handelt es sich für Sie nicht um einen bestimmten Herren oder eine bestimmte Dame, es handelt sich für Sie abstrakt um einen Ruf – eine Tugend, eine Sünde, nicht wahr? Es ist Ihr Beruf, zu verhindern, dass ein Ruf geschädigt wird, oder dass eine Tugend fällt, oder dass eine Sünde begangen wird. Sie haben keinerlei persönliches Interesse daran, Sie tun Ihre Pflicht, und nur deshalb, Herr Pastor, können Sie's tun, können Sie hier Dinge sagen und tun, die ein anderer nicht sagen und tun kann.«

»Ich berufe mich nicht auf mein Amt«, sagte Werner. »Ich spreche als Mann zum Manne.«

»Oh nein«, versetzte Rast, »Sie kommen, als Pastor ermahnen, nicht Rechenschaft fordern.«

»Doch«, unterbrach ihn Werner, »ich will Rechenschaft fordern.«

Rast zuckte die Achseln.

»Nicht möglich, Herr Pastor. Sie wollen eine Tugend retten, Sie wollen, was man so nennt, Gutes tun. Sie wollen keine Antwort oder Erklärung. In Ihren Predigten fragen Sie auch zuweilen, aber Sie wollen doch keine Antwort darauf. Darauf zu antworten, wäre unpassend. So auch hier. Sie wollen Gutes tun, Sie wollen ermahnen, Sie wollen keine Antwort von mir. Das sagten Sie ja vorhin. Ich verstehe Sie vollkommen.«

Werner erhob sich von seinem Stuhl. Der Zorn schoss ihm ganz heiß in das Blut. Seine Schläfen brannten.

»Herr Baron«, sagte er feierlich, »ich sehe, dass etwas Unerhörtes geschieht, und ich soll ruhig zusehen, ich soll nicht das Recht haben, einzugreifen?«

Rast sah ihn mit seinen gefühlvollen Samtaugen sinnend an.

»Aber so setzen Sie sich doch, Herr Pastor. Sie haben unrecht, sich so aufzuregen. Sie hätten doch eine Zigarre nehmen sollen. Bismarck sagt, eine Zigarre mache ein Gespräch ruhig. Aber ich erkenne Ihr Recht, einzugreifen – als Pastor – an. Sie sprachen von Unerhörtem –, es ist vielleicht besser, eine genauere Kritik hier zu vermeiden, – der Objektivität wegen.«

»Ich wiederhole es«, rief Werner heftig. »Ich fordere hier Rechenschaft.« Rast lächelte. »Aber Herr Pastor. Wollen Sie sich mit mir schlagen? Das ginge doch nicht. Würde das nicht aussehen, als hätten Sie ein Interesse oder ein Recht in dieser Sache? Nein, ich werde nie vergessen, wen ich vor mir habe.«

»Und ich – ich –«, sagte Werner heiser, »ich darf wohl nicht vergessen, – dass ich in Ihrem Hause bin.«

Rast wehrte mit der Hand ab.

»Oh bitte, darauf kein Gewicht zu legen. Mein Haus steht zu Ihrer Verfügung. Ich bedaure, Herr Pastor, Sie ein wenig erregt und nicht ganz zufrieden zu sehen. Ich fürchte, ich bin Ihnen nicht sympathisch, das bedaure ich ... «

Werner war plötzlich ganz ruhig geworden. Er lächelte sogar.

»Sympathisch – nein. Ich kam wohl auch nicht, um eine Liebeserklärung zu machen.«

»Selbstverständlich!«, gab Rast zu und lächelte auch. »Ich meine nur, warum sind Sie mit mir nicht zufrieden? Sie kommen zu mir, um mir eine Mitteilung zu machen, um mir eine Mahnung zugehen zu lassen. Gut! Ich nehme die Mitteilung dankbar entgegen. Die Mahnung – ich will sie –, wie sagt doch die Bibel, ich will sie ›in meinem Herzen bewegen‹. Mehr können Sie, Herr Pastor, nicht von mir verlangen. Der Fall selbst ist nicht geeignet, besprochen zu werden. Das ist natürlich auch Ihre Ansicht. Aber Ihre Mission – Herr Pastor – Ihre Mission kann als durchaus gelungen bezeichnet werden.«

»Sie haben recht«, sagte Werner leise und müde, »so werd' ich denn gehen.«

»Sie wollen schon gehen?«, rief Rast, als überraschte ihn das. »Das tut mir leid. Es plaudert sich angenehm an solchen kalten Tagen. Aber ich darf Sie wohl nicht aufhalten.«

Die beiden Männer reichten sich die Hände, und Werner wurde sich dabei des Umstandes bewusst, dass er fast einen Kopf größer als Rast war, dass, wenn er jetzt den Arm hob und seine Faust auf den vor ihm stehenden Rast niederfallen lassen würde, dieser vor ihm auf dem Teppich läge.

»Also besten Dank«, sagte Rast, »auf Wiedersehen.«

Er begleitete Werner bis an die Tür und nickte ihm lächelnd zu.

Auf dem Heimwege wurde Werner den Gedanken nicht los, wie hässlich und widernatürlich doch diese sogenannte Kultur war. Zwei hassten sich. War es da nicht schöner, sich zu fassen, um den Leib, das fiebernde Fleisch aneinanderzudrücken, sich den glühenden Atem in das Gesicht zu blasen und zu suchen, einander weh zu tun ..., zu verwunden, wie die Bauernburschen es unten im Kruge tun? Stattdessen reicht man sich die Hand, lächelt: »Besten Dank! Auf Wiedersehen.«- Pfui!

Die Adventszeit war da. Lene saß abends am Klavier und sang Choräle. Werner hielt Nachmittagsandachten, während die untergehende Sonne durch die Kirchenfenster schien und die Gesichter der Leute rot malte: Oder er besuchte die Schulen. Gröv, hektischrote Flecke auf den mageren Wangen, die Augen entzündet, stand an dem Pult und sprach mit hoher, erregter Stimme auf die Kinderschar ein. Die Wintersonne schien hell über die blonden Kinderköpfe. Die Kinderstimmen, die sich draußen heiser geschrien hatten, sagten eintönig und taktmäßig Sprüche her, in denen von großen Wundern und großen Geheimnissen die Rede war –, die Augen klar und voll verständnisloser Andacht. Werner hatte diese Zeit stets geliebt, in der die großen Mysterien eine familienhafte Traulichkeit annahmen, in der Frauen, Mädchen und Kinder sich in den ewigen Dingen gemütlich zu Hause fühlten, wie in ihren Stuben. Überall war etwas Wunderluft. Auch jetzt ging Pastor Werner seinen Amtsgeschäften ruhig nach. Er konnte andächtig und heiter sein. Aber neben dem Pastor Werner ging ein anderer her. Er versteckte sich, er war jedoch da – fremd – unheimlich – unentrinnbar.

Wenn Werner abends bei der Lampe Lene gegenübersaß und zuhörte, wie Lene über friedliche, kleine Dinge plauderte, dann geschah es wohl, dass sie plötzlich ausrief

»Was ist dir?«

»Mir? Nichts – warum?«

»Du machst ein Gesicht, als schmerzte dich was.«

Werner lachte: »Was du nicht siehst!«

Allein, wenn es still im Hause wurde, wenn er in seinem Arbeitszimmer saß, dann kam er – der andere – unabänderlich, ein Gast, der nie ausblieb.

Werner hörte auf den Schlag der Uhr, wartete in dumpfer Ergebung.

Es schlug zwölf.

Werner erhob sich, zog seinen Pelz an, nahm seinen Stock und ging hinaus, pünktlich, wie zu einem gewohnten Geschäft. Und während er leise durch das Haus zur Haustür schlich, musste er an das Wort des Johannisevangeliums denken, das von Judas sagt:

»Da er nun den Bissen genommen hatte, ging er sobald hinaus. Und es war Nacht.«

Die nächtliche Welt um diese Stunde war ihm jetzt vertraut. Zuweilen war der Himmel klar und voller Sterne, oder der Nordwind fuhr in die Bäume, rauschte wild, als riefe er in die alten Föhren eine aufregende Nachricht hinein. Oder dichter Nebel verhängte das Land, tropfte und flüsterte in den Zweigen. Werner kannte jede dunkle Baumgestalt, an der er vorüber musste. Er kannte die leisen Schritte des Wildes im Dickicht. Er gehörte zu ihnen allen, die ihn umstanden, sie waren seine Mitwisser.

Durch die Tannenschonung ging er in den Wald hinein, bis er den schmalen weißen Strich über dem Abgrunde sah. Dort setzte er sich auf einen Baumstumpf im Gebüsch und wartete.

Wenn es in seiner Nähe raschelte, dann wusste er, es war der Fuchs, der auf die Jagd ging. Die regungslose Gestalt auf dem Baumstumpf schreckte den Fuchs nicht. Er war an sie gewöhnt. Er mochte gemerkt haben, dass dieses Raubtier, das so still auf der Lauer lag, ihm nicht ins Gehege kam.

Werner wartete geduldig, bis sie herankamen: der Schlitten – das schwarze Pferd – eilig, lautlos. Sie glitten über den weißen Strich – schwebten über dem Abgrunde – und waren hinüber und verschwunden. Werner steckte sich eine Zigarette an, rauchte und wartete, bis der Schlitten wiederkam, einen Augenblick über dem Abgrund schwebte und verschwand.

Um das zu sehen, dieses Schweben über dem Abgrund, kam er Nacht für Nacht. Das war ein Augenblick furchtbarer Spannung. Jetzt – jetzt musste die zierliche, schwarze Vision auf dem weißen Strich im Abgrund verschwinden!

Die Bibel war so voller Wunder. Was wirkten die Leute da nicht alles mit ihrem Willen! Sie machten Tote auferstehen und Lebende tot zur Erde fallen. Konnte er denn nicht mit der Gewalt seines Willens eines dieser morschen Bretter zum Brechen bringen? Nur ein Brett und – – –

Oft, wenn der Schlitten an ihm vorüber war, stand Werner von seinem Baumstumpf auf, ging auf die Brücke hinauf, vorsichtig und aufmerksam. Er betrachtete sorgsam jedes Brett, prüfte es mit der Hand. Dieses war ganz morsch, dieses lag nur lose auf – hier war ein Spalt. Es musste einmal geschehen. Wenn einer eines dieser Bretter zufällig mit dem Fuß oder mit der Hand verschob – – ein leichter Schwindel fasste ihn. Er musste für einen Moment die Augen schließen. Dann ging er wieder an seinen Platz zurück.

»Wenn einer zufällig mit dem Fuß oder mit der Hand eines dieser Bretter verschiebt« – klang es in ihm wider, eintönig, eigensinnig, wie ein sinnloser Refrain. Und um ihn flüsterten die kleinen Tannen »- ver - schiebt - ver -schiebt«, und oben fielen die alten Föhren laut und majestätisch ein »versch – – iebt - ver - schiebt« – Der ganze Wald dachte nur daran.

War es vorüber, war der Schlitten zurückgefahren, dann ging Werner nach Hause – die Glieder schlaff – das Herz müde und leer.

Er warf sich auf sein Bett und schlief einen schweren Schlaf, wie nach harter, freudloser Arbeit.

Werner war in der kleinen Schule dort hinter dem Walde gewesen, jetzt ging er langsam heim. Es war um die Mittagszeit. In der Nacht hatte es geschneit. Nun ließ die Sonne den Schnee von den Zweigen tropfen. Der Wald war voller Flügelrauschen und Vogelrufe. Die Meisen tollten wie kleine, graue Bälle an den Zweigen entlang. In einem verschneiten Haselnussstrauch saß eine Gesellschaft Dompfaffen wie große, rote Früchte.

Das war heiter. Werner klangen noch die Lieder im Ohr, die er eben von den Kindern gehört hatte.

»So viel Licht, dass man nichts mehr unterscheidet«, hatte Karola gesagt. So dachte sie sich das Jenseits. Das war es. So musste die Religion für die Armen und Gedrückten sein, – Licht, nicht das zeigt und aufdeckt, nein, Licht, das verhüllt, das wie ein leuchtender Schleier sich über das graue Leben breitet.

Von dem engen Waldpfade bog er in die kleine Waldlichtung ein und – trat leise zurück.

Wie eine Vision stand es vor ihm.

Die Lichtung war weiß verschneit, ringsum weiße Wälle und darüber der Sonnenschein, ein gelber Lichtnebel über den Wipfeln. Mitten auf dem Platz hielt der Schlitten mit dem schwarzen Pferde. Rast stand in dem Schlitten, hoch aufgerichtet, sein Bart flimmerte vor Tropfen, und vor ihm stand Karola. Sie bog den Kopf zurück, sah zu ihm auf, lachte über das ganze Gesicht. Sie streckte die Arme aus.

»Heb mich« – sagte sie.

Er beugte sich zu ihr nieder, fasste sie und hob sie hoch in die Höhe, in den Sonnenschein hinauf Karola stieß einen leisen Schrei aus und bewegte die Arme wie Flügel.

»Ja – so – so«, rief sie.

Ein Eichelhäher antwortete mit seinem lauten, aufdringlichen Ruf, als hätte er es dem ganzen Walde mitzuteilen.

Werner sah Karola in dem gelben Lichtnebel schweben, sah ihr Gesicht ernst werden, die Lippen sich öffnen, die Augen sich schließen – wie überwältigt von einem starken Gefühl.

Rast ließ die Arme langsam sinken, legte die schwebende Gestalt auf seine breite Brust – beugte sich auf sie nieder und küsste das Gesicht mit den geschlossenen Augen.

Dann setzte er Karola in den Schlitten.

»Jetzt fahren wir los«, sagte er.

»Jetzt fahren wir los«, wiederholte Karola lustig.

Sie ließ sich zurechtsetzen, einhüllen, willenlos wie eine Sache, wie seine Sache.

»Hü!«, rief Rast dem Pferde zu, und sie fuhren in all das Weiß der Büsche hinein.

Laut – leichtsinnig und schamlos erfüllten die Schellen den Wald mit ihrem Geklingel.

Warum – sagte sich Werner, warum musste dieses Weib so furchtbar tief in sein Fleisch hineingeschrieben sein? Was war sie ihm? Was durfte sie ihm sein? Und doch jede Faser, jeder Nerv seines Körpers fieberte. Betrogen und bestohlen fühlte sich dieser Körper. Da stand er, versteckt hinter den Büschen und hungerte nach diesem Weibe, hungerte, wie er noch nie nach etwas gehungert hatte. Und dieser große, brutale Mann durfte im Sonnenschein stehen und sie nehmen wie sein Eigentum, wie seine Sache. Wozu war solch ein flacher Lebensvergeuder da? Um mit seinen unreinen Händen zu nehmen, zu stehlen, was anderen heilig, was für andere der tiefste Kampf der Seele war? Ein schädliches, unnützes Raubtier, dem man Fallen stellen sollte wie dem Fuchs, das ist dieser Rast.

Zu Hause war Werner heiter, er scherzte mit Lene, mit Tija, er war fast ausgelassen oder versuchte es zu sein. Ihm war, als müsste er unter dieser Heiterkeit etwas verbergen – vor Lene, vor Tija –, vor sich selber. Er wusste selbst nicht, was es war.

Am Nachmittag kam der Doktor Braun. Er saß am Kamin und erzählte:

Mit dem Baron in Dumala war es so – so. Er machte dem Doktor Sorge. Das Herz matt und die Schmerzen. »Sie sollen doch herüberkommen, Pastor, lässt er Ihnen sagen. Er schimpft schon. Ein Doktor und ein Pastor würden dafür bezahlt, dass sie die Kranken besuchen – sagt er, ›von einem Bankdirektor verlang' ich das nicht. Was denkt sich der Werner eigentlich!‹ Ja, die Laune ist nicht die beste. Und die arme Frau. Die sitzt bei ihm, erträgt jede Laune. Eine Heilige.«

»Ja – eine Heilige«, wiederholte Werner.

»Und denken Sie sich!« Der Doktor wurde ganz rot vor Aufregung. »Die Alte in Debschen sagt mir – es ist unglaublich – sie habe von Gerüchten – von Gerede gehört – die Trine – sagt – oder der Schweinejunge – was weiß ich – von dieser Frau und dem Rast – von Zusammenkünften hat sie gehört. Getratsch – Gestänker! Ich hab's der Alten gesagt: wer diese Frau angreift, der hat es mit mir zu tun. Mit uns beiden – nicht, Pastor? Na – ich werd es der Alten in Debschen schon anstreichen.« Der Doktor lachte drohend, den Mund weit offen.

»Ja – Doktor – Sie haben recht«, stimmte Werner ihm zu.

Das befriedigte den Doktor. »Na – also! Jetzt geh' ich heim. Um neun Uhr leg' ich mich in die Klappe. Meine Frau liest mir die Zeitung vor, dabei schläft's sich gut ein. Ein Sybarit – was? Aber zwei Nächte hab' ich hintereinander Kinder zur Welt bringen helfen. Die Rangen kommen jetzt immer bei Nacht zur Welt. Auch eine Unsitte – Unsolidität.« Er lachte sehr laut über seine Bemerkung.

Werner schaute ihn nachdenklich an. Der war glücklich! Der war mit sich zufrieden, tat seine Arbeit und genoss sein Bett. Nichts Dunkles quälte ihn, keine schwere – unbegreifliche Aufgabe.

Und Werner empfand diese ruhige Zufriedenheit als klein, er verachtete sie fast seiner eigenen Qual gegenüber.

Der Abend verging still und gemütlich.

In der Nacht machte Werner sich pünktlich zu seinem Posten auf den Weg. Er überlegte sich das nicht mehr. Wozu? Er wusste es ja doch, zu der bestimmten Stunde würde er unten im Walde sein.

Die Nacht war windstill. Es schneite. Dieses weiße Niederrinnen legte eine bleiche Helligkeit in die Nacht. Alle nächtlichen Kameraden Werners im Walde schwiegen heute. Sie standen regungslos da und ließen sich von den weißen Flocken zudecken.

Auch Werner saß regungslos auf seinem Baumstumpf und ließ sich zudecken. Die stetige Bewegung des niederfallenden Schnees machte ihn schläfrig, wiegte ihn in einen wachen Traum. Ganz ferne Bilder aus der Kindheit kamen: das Stübchen der Witwe Werner. Der kleine Erwin lag im Bett. Die Lampe stand am Fenster. In ihrem Lichte konnte das Kind sehen, wie draußen große Schneeflocken an der Fensterscheibe vorüberzogen. Die Mutter erzählte mit klagender Stimme der Nachbarin von den schweren Zeiten. Es war immer von Mark und Pfennigen die Rede. Das Kind hörte dem wie einem Wiegenliede zu. Mark und Pfennige schienen ihm etwas Trauriges zu sein, von dem sich endlose Geschichten erzählen ließen. Und die Schneeflocken kamen aus dem Dunkel und gingen in das Dunkel, einen Augenblick im Strahl der Lampe durch die Scheibe in das Zimmer sehend. Der kleine Erwin versuchte es, die endlose Geschichte von den Mark und Pfennigen zu verstehen, versuchte es, die Flocken zu zählen, die am Fenster vorüberzogen, bis ihm die Augen zufielen.

Ein leises Geräusch ließ ihn aufschauen. Rasts Schlitten war schon mitten auf der Brücke. Rast sagte etwas, und der Zwerg antwortete mit seiner gedrückten Altweiberstimme, schläfrig, als fahre er auf sicherer Landstraße hin. Nun waren sie – hinüber – wirklich hinüber und fort.

Werner schaute auf die Brücke – erstaunt. Es war ihm gewesen, als müsste es heute sein. Er hatte das so fest erwartet, dass es ihn ruhig gemacht hatte – heute würde er es sehen, dass der Schlitten mitten auf der Brücke verschwand – und nun – – –

Werner sann vor sich hin. Es war kein Nachdenken, es war ein gespanntes aufmerksames Insichhineinhorchen.

Was wird geschehen?

Auf die Brücke wollte – musste er hinauf.

Gut! Er ging auf die Brücke hinauf.

Der feuchte Schnee machte die Bretter schlüpfrig. Er hatte sich in Acht zu nehmen. Jetzt stand er über dem Abgrund. Das Wasser unten war heute stumm. Eine leichte Eiskruste mochte darüber liegen. Werner bückte sich und befühlte die Bretter. Dieses lag ganz lose auf und war morsch. Werner rüttelte daran. Es saß doch fester, als er gedacht. Er spannte seine Kraft an. Ja – nun gab es nach, ließ sich schieben, schwenken und fiel. Unten krachte die dünne Eisdecke, das Wasser gurgelte.

Jetzt brauchte einer die anderen Bretter nur mit dem Fuß zu stoßen und sie fielen auch.

Werner stieß sie mit dem Fuß, und wieder krachte unten das Eis und plätscherte das Wasser, unerträglich laut in all der Stille, erschien es Werner.

Vor ihm gähnte ein großes, schwarzes Loch. Er stand am Rande und schaute hinein. Eine schwere Mattigkeit machte ihm die Glieder weich, nahm ihm alle Kraft. Am liebsten hätte er sich auch in das schwarze Loch hinabgleiten lassen. Ein Aufschlagen des Wassers, ein Gurgeln und die tiefe Stille hätte sich auch über ihn gelegt, kühl und wohltuend.

Vorsichtig trat er den Rückweg an und setzte sich wieder auf den Baumstumpf. Er zündete sich eine Zigarette an, sah beim Schein des Zündholzes nach der Uhr. Es ging ihm durch den Kopf, dass der niederfallende Schnee jede Spur verwischte. Er dachte an seinen Gang heute Morgen. Wie fern, wie fremd schien ihm der Werner, der in der Schulstube väterlich die Hand auf die blonden Kinderköpfe gelegt und mit den Kindern »Vom Himmel hoch« gesungen hatte. Ja, so ein friedlicher Pastor hat es gut!

Unendlich langsam verrannen die Stunden heute, und die gespannte Wachsamkeit des Ohres war ermüdend. Jeder Ton, das Herabgleiten des Schnees von den Zweigen, der Fall eines Tannenzapfens, das Knacken der Eiskruste unten auf dem Wasser, alles hallte so erschreckend in ihm wider.

Da war es aber wirklich, das dumpfe Aufschlagen des Pferdehufes auf den Schnee.

Werner erhob sich. Alles in ihm war furchtbar angestrengte Aufmerksamkeit. Er versuchte es, durch die niederfallenden Flocken zu sehen, versuchte es, mit dem Ohr die Entfernung zu messen, die der herannahende Schlitten durchmaß. – Jetzt war er an der alten Tanne. – Jetzt sah er den Kopf des Pferdes, er musste dicht vor der Brücke sein – – Werner trat vor.

»Halt!«, rief es aus ihm heraus.

Rast riss das Pferd zurück und hielt.

»Wer ist da?«, fragte er.

»Fahren Sie nicht weiter«, sagte Werner.

»Ja – warum?«

»Weil die Brücke eingestürzt ist, – da – in der Mitte.«
»So.«
Rast ließ das Pferd einige Schritte zurückgehen, stieg dann aus.
»Gebrochen, sagen Sie«, meinte er, »wie wissen Sie das?«
»Ich weiß es«, entgegnete Werner ungeduldig.
»Hm – danke.« Rast stapfte durch den Schnee zu Werner hin: »Ah! Der Herr Pastor! Ich glaubte schon Ihre Stimme zu erkennen.«
»Die Brücke ist in der Mitte eingebrochen«, erklärte Werner in geschäftsmäßigem Ton, »Sie wären unbedingt hinuntergefallen.«
»Na –, da hab' ich wieder einmal Glück gehabt«, sagte Rast und lachte.
»Und Sie – sind Sie deshalb hier?«
»Ich – ich war hier« –
»Wollen wir den Schaden mal ansehen«, meinte Rast.
Er ging auf die Brücke hinauf, stand an dem Loch. Werner schaute ihm nach. Er hätte fortgehen können. Er hatte ja hier nichts mehr zu tun. Aber er blieb, stand da, träge und gedankenlos. Rast kam zurück.
»Seltsam!«, sagte er, »wie das geschehen konnte! Sie wissen das natürlich nicht? Nein, wie sollten Sie.«
Rast bog seinen Kopf sehr nah an Werners Gesicht heran. Werner sah zwischen dem schwarzen Bart die weißen Zähne blitzen. Lachte Rast?
»Aber kommen Sie, Pastor«, sagte Rast besorgt, »setzen Sie sich in den Schlitten. Sie müssen gefroren ha-

ben. Nein, nein, keine Einwendungen. Ich bin Ihnen zu großem Dank verpflichtet. Sie sind, was man so nennt, mein Lebensretter.«

Er drängte Werner in den Schlitten hinein, deckte ihn sorgsam zu.

Werner ließ es geschehen. Willenlosigkeit lag lähmend auf ihm, wie wir sie in einem schweren Traum empfinden, wenn wir die düsteren Traumereignisse widerstandslos über uns ergehen lassen müssen.

Rast ergriff die Zügel, wandte den Schlitten und fuhr in den Wald hinein.

Im Fahren unterhielt er Werner liebenswürdig.

»Verfault war das Ding genug, ich hätte längst erwartet, dass es einstürzt. Jedes Mal, wenn ich da hinüberfuhr, gab es eine angenehme kleine Spannung. Ich bin Spieler und bin gewohnt, Glück zu haben. Da hier keine Bank ist, sollte die Brücke sie ersetzen. Sie wissen, wenn man gewohnt ist, Glück zu haben, vergrößert man gern den Einsatz. – Immerhin, merkwürdig, dass sie so in der Mitte brechen konnte. Als ob jemand die Bretter aufgerissen hätte. Merkwürdig.«

So plauderte er fort. Er fragte nicht, wie Werner denn in den Wald kam, wie er von dem Loch in der Brücke wusste. Er sprach vom Wetter. Dieser verdammte feuchte Schnee, der kroch einem in die Kleider hinein. Man fror bis auf die Knochen.

Der Schlitten hielt. Das war ja der Moorkrug.

»Steigen sie aus, Herr Pastor«, sagte Rast. »Wir müssen uns ein wenig erwärmen, sonst haben wir beide die Erkältung weg. Auf die Lebensrettung müssen wir eins trinken. He – Jost – Karl.«

Der Krüger erschien eilfertig. Sein mürrisches Gesicht grinste unterwürfig.

»Ah, der Herr Baron.«

»Ja – ja! Damkewitz, trocknen Sie den Gaul ab. Lassen Sie sich einen Grog geben, so!«

Werner folgte Rast in den Krug mit der traumhaften Willenlosigkeit, die er nicht abschütteln konnte. Alle Aufregung in ihm hatte sich gelegt, nur etwas wie Neugierde lebte in ihm, Neugierde, wie dieser entsetzliche Traum weitergehen würde.

Die Lampe wurde im Herrenzimmer angesteckt, Feuer im Ofen angemacht.

»Und nun Ihren Sündersekt«, befahlt Rast: »Ein armer Jude hat nämlich Sekt hier bei dem Jost einmal versteckt, um ihn bei Gelegenheit über die Grenze zu schaffen. Na, den Juden haben die Grenzreiter wohl geholt, und unser Jost verkauft den Sekt an zuverlässige Kunden. So geht es im Leben. Aber Pastor, Sie haben gefroren, Sie sind ja ganz weiß im Gesicht. Setzen Sie sich nah an das Feuer. So! Nun wird's noch ganz gemütlich werden.«

Der Wirt brachte den Wein. Rast schenkte die Gläser voll.

»Ja, das wird besser sein, als unten im schwarzen Loch liegen«, meinte er: »Ein eigentümliches Gefühl ist es doch, so nah an dem schwarzen Loch gestanden zu haben. Nur wenige Schritt und dann die große, kalte Angelegenheit. Brr! Stattdessen sitzt man hier in angenehmer Gesellschaft, wärmt sich und trinkt Josts Sündersekt.«

Er hob sein Glas: »Prosit! Stoßen Sie an, Pastor. Auf Ihre Gesundheit, mein Lebensretter.«

»Prosit«, sagte Werner und trank sein Glas schnell aus. »Er ist gut, der Wein«, bemerkte er und hielt das leere Glas Rast hin. »Ja, der tut gut«, meinte Rast. »So ist's recht«, fügte er hinzu, als er sah, dass Werner auch dieses Glas auf einen Zug leerte. Seine schönen Samtaugen ruhten freundlich und wohlgefällig auf Werner.

»Geschmeckt? Jetzt wird's besser?«, fragte er besorgt.

»Das wärmt«, erwiderte Werner und lächelte müde.

»Also!« Rast schien wesentlich erleichtert zu sein, als er Werner lächeln sah: »Wissen Sie, Pastor, Sie sind ein famoser Mensch. Das hab' ich gleich gewusst, als ich Sie sah. Ich sagte noch zu – zu einer Dame: ›Der Pastor Werner muss Glück bei Frauen haben, wenn ich ein Weib wäre ...‹«

Werner zuckte die Achseln.

»Bei einer Frau.«

»Natürlich«, fiel Rast ein, »die Frau Gemahlin. Habe das Vergnügen gehabt. Scharmante Dame. Nein, wirklich, Pastor, Sie waren sozusagen meine unglückliche Liebe, denn ich bin Ihnen leider nicht sympathisch, das sagten Sie vorigen Abend. Nichts zu machen! Aber es freut mich doch, dass gerade Sie mein Lebensretter sind. Prosit – Lebensretter.«

»Ach, lassen Sie doch den Lebensretter«, sagte Werner ärgerlich.

»Warum«, fragte Rast, »für Sie bedeutet das vielleicht wenig, aber für mich ist das wichtig. Wo wäre ich jetzt ohne Sie! Gar nicht auszudenken! Wenn ich daran denke, kommt so 'n Schwindel über mich. Prosit! Sie – Jost – eine Flasche.«

Sie hatten schnell getrunken. Werner fühlte es, wie der Wein ihm zu Kopf stieg, wie die Gegenstände und Ereignisse ihre Sachlichkeit und Wirklichkeit verloren. Er und Rast und das Zimmer mit den roten Vorhängen an dem kleinen Fenster, das große Ofenfeuer, Marri, die halb nackt in ihrer lasterhaften Üppigkeit ab und zu ging, all das war wie eine Erscheinung, die gleich verschwinden würde.

»Seltsam ist es immerhin«, hörte er Rast nachdenklich sagen, »gerade in der Mitte. Ich bin doch vor wenig Stunden hinübergefahren. Ob es so von selbst ...?«

»Morsch genug war es«, hörte Werner sich sagen.

»Allerdings«, gab Rast zu. »Sagen Sie, Pastor – ob da vielleicht einer hinübergefahren ist – und – –«

»Ach nein!«, meinte Werner. »So – nicht.« Rast dachte nach, dann rückte er näher an Werner heran mit einer vertraulichen Mitteilung. »Hören Sie, Pastor – Lebensretter –, ich kann Ihnen sagen, oft, wenn ich da hinüberfuhr, ist mir der Gedanke gekommen, das wär' so 'ne Gelegenheit für einen, dem ich unbequem wäre. Ein paar Bretter heraus, die anderen so auf der Kippe, die reine Mausefalle. Ich bin unten. Kein Mensch wundert sich darüber. Jeder hat es erwartet, dass ich einmal den Hals breche. Ja, das wäre eine Gelegenheit – was?«

»Und wer konnte das sein?«, fragte Werner und sah Rast aufmerksam an. – »Wie er heranschleicht«, dachte Werner. Es unterhielt ihn zu sehen, wie der Mann vorsichtig ihn einkreiste.

»Ich meine nur so«, fuhr Rast fort. »Die Aufgabe muss nicht leicht gewesen sein. Denken Sie sich, auf den verdammt schlüpfrigen Brettern zu stehen und zu arbeiten. Das muss nicht leicht gewesen sein.«

»Schwindelfrei muss einer dazu schon sein«, warf Werner hin.

»Schwindelfrei, auch das«, gab Rast zu, »und dann, ein oder der andere Nagel steckte wohl noch unten in den Latten – und dann, das große Brett –«

»Sehr morsch« – wandte Werner ein.

»Immerhin«, sagte Rast, »ein hübsches Stück Arbeit. Alle Achtung. Ob der da wo im Gebüsch gestanden hat und gewartet, dass ich in die Falle gehe? Was denken Sie? An seiner Stelle hätte ich gewartet – bis – bis es unten aufklatscht. Das hätte mich gefreut – wenn ich das gewollt hätte. Ob er da war? Sie haben nichts bemerkt?«

Rast nahm sein Glas, trank langsam daraus und sah über den Rand des Glases hinweg Werner mit seinen sentimentalen Augen sinnend an.

»Sie haben ihn nicht gesehen?«, wiederholte er leise.

»Wen?«, fragte Werner leise zurück.

»Nun – ihn –, der's getan«, sagte Rast.

Werner schwieg einen Augenblick, stützte beide Arme auf den Tisch und schaute in das Feuer.

»Doch –« sprach er dann langsam in das Feuer hinein –»er war da.«

»Oh! Wirklich« – Rast zog ein wenig die Augenbrauen in die Höhe, wie in leichtem Erstaunen.

»Ja, er wartete«, fuhr Werner fort, »er wartete. – Ich wartete.«

Etwas wie Spott klang aus der Stimme, die das sagte, Spott über den anderen, der durchschaut war.

Rast blieb in seiner sinnenden Stellung, er sagte nur:

»Ja, natürlich wusst' ich's.«

Beide Männer schwiegen, stützten sich mit den Armen .schwer auf den Tisch, wie Leute, die müde sind, und sahen dem Ofenfeuer zu.

Plötzlich richtete sich Rast auf, griff nach seinem Glase:

»Prosit, Pastor, prosit, Lebensretter! Natürlich wusst' ich's. Auf Ihr Wohl! Hier in der Gegend sind Sie der einzige, der so was kann. Teufel noch einmal, so was! Eine Falle wie für einen Wolf. Herr, Sie müssen ordentlich hassen können. Aber gekonnt, bis zu Ende gekonnt haben Sie's auch nicht.«

»Nein«, sagte Werner wie in Gedanken, »das sollte nicht sein. Sie waren nicht in meine Hand gegeben.«

Rast lächelte sein liebenswürdiges Lächeln.

»Schade, theoretisch schade. Nicht in Ihre Hand gegeben, das ist Altes Testament, nicht wahr? Wirklich, die Sache hat was Alttestamentarisches. – Einen Jüngling für meine Wunde, und eine Jungfrau für meine Schwären – so ungefähr sagt auch einer der alten Helden. Nicht? Aber verzeihen Sie noch eine Frage, tut es

Ihnen jetzt leid, dass Sie es nicht bis zu Ende gekonnt? Sie möchten lieber, dass ich dort in dem Loch liege, als dass ich hier sitze und Sekt trinke? Nicht?«

Werner erhob sich von seinem Stuhl und begann im Zimmer auf und ab zu gehen, die Hände auf dem Rücken, wie er es gewohnt war. Die seltsame Traumschlaffheit wollte er von sich abschütteln. Dann blieb er vor Rast stehen und sagte ruhig und laut:

»Baron. Mit dem, was ich Ihnen gesagt habe, können Sie tun, was Ihnen beliebt. Vielleicht gibt es Ihnen irgendein Recht auf mich. Aber ich bestreite Ihnen das Recht, mich auszufragen, sich da einzumischen, was ich und meine Tat miteinander auszumachen haben –«

»Aber lieber Pastor«, unterbrach ihn Rast, »ich hoffe, ich habe Sie nicht verletzt. Sie haben recht, es war taktlos von mir, diese Frage zu stellen. Sie können ruhig sein, das wird nicht mehr vorkommen, keine Frage. Für eine Unterhaltung in Fragen sind wir beide zu gut erzogen. Und dann, Sie sprechen von einer Tat. Hier gibt es keine Tat, kaum das Gespenst einer Tat. Und Rechte, welche Rechte soll ich haben? Ich bin für Ihre Mitteilung dankbar, sie hat mich sehr interessiert. Wenn ich Ihnen einen Gegendienst leisten kann, wird es mich freuen.«

Werner stand noch immer und sah auf Rast hinab. Plötzlich ging ein merkwürdig hochmütiges Lächeln über sein Gesicht.

»Sie sind witzig, Baron«, sagte er, »und Sie fühlen sich mir jetzt sehr überlegen. Aber sehen Sie, was auch geschehen ist, mir steht meine Tat, trotz allein, doch höher als Ihre Taten. Überlegen sind Sie mir nicht.«

Rast war aufgesprungen.

»Ihre Tat, die Sie nicht tun konnten«, rief er höhnisch.

»Das ist meine Sache«, erwiderte Werner.

Rast machte eine leichte, bedauernde Handbewegung.

»Lassen wir das. Schade. Man hätte herzlicher auseinandergehen können. Also, leben Sie wohl, Herr Pastor, besten Dank für die Lebensrettung und den interessanten Abend. Wie gesagt, schade, dass der Pastor dazwischen kommt, wenn es anfängt, gemütlich zu werden«-

Werner verbeugte sich in seiner feierlichen, befangenen Art und ging hinaus.

Draußen hing schon ein blassgelbes Lichtband am östlichen Horizont. Über dem frisch gefallenen Schnee kam der Tag sehr weiß und rein herauf.

»Bist du heute mit den dummen Rechnungen fertig?«, fragte Lene. »Du schläfst ja keine Nacht mehr.«

»Ja – fertig«, antwortete Werner und drückte sich fester in den Sessel am Kamin hinein.

»So sing' wieder«, bat Lene.

»Nein – ich kann nicht singen. «

»So erzähl' was.«

»Nein«, sagte Werner. »Erzähl' du was, Kind, etwas, das ich kenne, wie ihr als Kinder zum Großvater kamt und in dem alten Garten unter den Johannisbeerbüschen lagt und die sonnenwarmen Trauben aßt.«

»Die alten Geschichten!«, meinte Lene.

»Ja – alte, stille Geschichten.«

Lene erzählte gehorsam. Werner hörte dem Tonfall der angenehmen, hellen Stimme zu. Seine Gedanken gingen ihren Weg, einen gewohnten Weg. Er lebte die stillen Abende in Dumala durch. Er sah das Aufleuchten von Karolas Augen, das Zucken des Mundes. Er hörte die Worte, die sie gesprochen, den Ton der Stimme. Es war ein ruhevolles Gedenken, wie wir einer gedenken, die wir verloren. Alles andere schien ausgelöscht. Die Nacht im Walde, sie stand in keiner Verbindung mit seinem Leben. Sie gehörte zu ihm, sagte er sich, und doch vermochte er sie sich nicht zu eigen zu machen. Das Leben ging weiter, als wüsste es nichts von dieser Tat. Was ist eine Tat, die nicht gegen uns aufsteht und uns an sich erinnert?

Nur nachts zuweilen, im Traum, stand er auf der schmalen Brücke, und etwas fiel in das Wasser, und das Wasser spritzte auf, schwarz wie Tinte, und vor ihm gähnte das dunkle Loch. Dann erwachte er todmüde, wie gehetzt von dem Traum.

Mit Rast traf er eines Nachmittags in Debschen bei der Baronin Huhn zusammen.

Rast begrüßte ihn sehr herzlich, als seien sie alte Freunde. »Ach, Pastor! Angenehm, dass man sich wieder trifft.«

Beide hörten geduldig den Dienstbotengeschichten der Baronin zu. Als sie aufbrachen, ließ Rast seinen

Schlitten ein wenig vorausfahren. Die Sonne ging so hübsch unter, er wollte einige Schritte gehen.

Werner ließ es schweigend geschehen, wie wir geduldig etwas Lästiges aus guter Erziehung ertragen.

Schulter an Schulter gingen die beiden Männer die Pappelallee entlang. Rast sprach von gleichgültigen Dingen.

»Gott sei Dank! Es friert, gut für die Jagd. – Schade, dass Sie nicht mehr jagen, Pastor. Die Jagd ist doch das einzige, wirkliche Vergnügen dieser Einöde. Es ist vielleicht kindlich, primitiv. Wir verstecken uns und freuen uns, dass wir klüger sind als ein Fuchs oder ein Reh. Nicht gerade ehrgeizig das! Aber Hinterhalte legen, das liegt uns allen im Blut, und da die Gelegenheit sonst immer seltener wird – – Unsere Urväter waren ja doch alle gewiegte Fallensteller, nicht wahr?«

Er ließ seine Zähne zwischen dem Bart in einem breiten Lachen blitzen.

Werner lachte höflich mit. »Ja – ja! Vielleicht.«

Sie trennten sich mit einem Händedruck.

Zu Hause fand Werner einen Brief vom Baron Werland vor. Werland machte ihm Vorwürfe wegen seines langen Ausbleibens. »Ein Beichtvater«, hieß es in dem Brief, »hat nicht das Recht, selbst das Beichtkind im Stich zu lassen, das ihm die langweiligsten Geschichten beichtet. Also kommen Sie.«

Werner wunderte sich, als hätte er es anders erwartet, Dumala ganz so zu finden, wie er es immer gesehen hatte – die tiefe Dämmerung in dem Zimmer, das diskrete, faltige Gesicht des alten Jakob, das Kammzimmer mit der grünen Lampe.

Werland, in die rote Decke gewickelt, saß am Kamin, und die Augen schauten flackernd aus den tiefen Höhlen.

»Nun, Seelsorger«, rief er, »Sie entkommen mir nicht! Setzen Sie sich, setzen Sie sich. Nur keine Entschuldigung. Machen Sie, als ob Sie gestern hier gewesen wären.«

Karola saß auf ihrem Stühlchen und rieb das Bein ihres Gatten. Sie nickte Werner zu, als hätte sie ihn wirklich eben erst gesehen, und es begann eine ziemlich träge Unterhaltung, wie unter Leuten, die sich zu häufig sehen und sich wenig Neues mitzuteilen haben. Werland schloss zuweilen die Augen, verfiel in leichten Schlaf, ans dem er dann auffuhr, um etwas zu sagen.

»Wie steht es mit der Seelsorge, Pastor?«

»Oh – danke, es geht«, erwiderte Werner.

»So! Ein merkwürdiges Geschäft«, meinte Werland. »Muss schwer sein, die Buchführung, die Bilanz – soundso viel Seelen *plus* – so viel *minus*.«

Werner lachte. »Ja, das ist schwer bei einem Kapital, das noch zirkuliert. Die große Bank dort oben wird's dann schon – –«

»Unser altes Thema«, unterbrach ihn Werland. »Aber ich denke nicht mehr darüber nach. Man wird sehen.« Er schloss wieder die Augen. Karola war schweigsam, rieb Werlands Bein und schaute in das Feuer.

Werner betrachtete dieses Gesicht. Er suchte darin nach etwas Neuem, etwas Fremdem, etwas, das verriet. Allein die Züge hatten wie immer ihre klare Reinheit, die Augen ihr verträumtes, geheimnisvolles Licht. Nichts war verändert, nichts war von der Karola da, die sich dort in der Waldlichtung in den Sonnenschein emporheben ließ. Das beunruhigte Werner, er wollte etwas finden, was diese Frau ihm fremd und verächtlich machte, und nun schaute er in das Gesicht, das ihn mit törichten, knabenhaft weichen Gefühlen erfüllte.

»Die Galgenbrücke hat Rast einreißen lassen«, sagte Werland.

»Ja, es war Zeit«, erwiderte Werner zerstreut.

»Eine Gelegenheit weniger, sich aus der Welt zu befördern«, meinte Werland, »aber Sie haben wohl keine Selbstmörder unter Ihren Gemeindekindern, was?«

»Nein, Gott sei Dank.«

»Die Leute hier«, fuhr Werland fort, »sind wie die kleinen Leute, die selten ins Theater kommen. Wenn sie mal ihren Platz bezahlt haben, dann bleiben sie bis zu Ende, wenn auch ein Stümper das Stück geschrieben hat und sie nur gähnen und sich ärgern müssen. Wir alle machen es wohl so.«

»Das ist doch wohlerzogen«, wandte Werner ein. »Sich langweilen können, ist doch gute Erziehung.«

»Da haben Sie wieder recht, Pastor«, gab Werland zu. »Das sieht man an unserer guten Gesellschaft. Was wir an Langeweile ertragen können, ist ungeheuer, und nur durch jahrhundertlange Erziehung zur Langeweile möglich. Ist es nicht so, Kind?«, wandte er sich an Karola und strich ihr mit der Hand über den Scheitel.

»Oh ja, das können wir!«, sagte sie, und ihr Gesicht wurde einen Augenblick von dem hübschen, durchtriebenen Lachen erhellt.

Pichwit kam zum Tee, war schweigsam und hochmütig wie sonst.

Als Karola sich erhob und in das Nebenzimmer ging, um Jakob eine Bestellung zu machen, folgte Werner ihr mit den Blicken, und da – da fand er es, das Fremde, das Neue. Aufrecht und gleichmäßig, mit ganz wenig Bewegungen, pflegte sie sonst zu gehen. Heute wiegte sie leicht den Oberkörper, ließ die Arme lose herabhängen in einer welchen, müden Bewegung, die sorglos, fast leichtsinnig aussah. Das war es! Das erinnerte an den Körper, der sich auf der Waldlichtung an Rasts Brust schmiegte. Werner wandte den Kopf ab. Es war ihm unerträglich, das zu sehen. Da fiel sein Blick auf Pichwit. Mit den hellbraunen, feuchten Augen war auch er Karola gefolgt. Sein bitterer, zu kleiner Mund drückte die Lippen so fest zusammen, dass sie weiß wurden. Auch ihn schmerzte das.

Als Pichwit gute Nacht sagte, streckte Karola ihm die Hand hin. Pichwit nahm sie, ein wenig erstaunt, und küsste sie.

»Mein treuer, kleiner Page«, sagte Karola.

Pichwit errötete. In seinem Gesicht zuckte es, als wollte er weinen. Er wandte sich schnell ab und ging hinaus.

Während Werland schlief, sagte Karola:

»Pastor, nicht wahr, Sie kommen öfter, er braucht Sie.«

»Gewiss, Frau Baronin«, erwiderte Werner förmlich, »aber solange er Sie hat, wen braucht er da!«

»Doch – er braucht Sie«, wiederholte Karola. »Sie haben so viel starkes Leben, das muss er haben, er verbraucht viel –«

»Wer?«

»Der, bei dem das Leben zu – zu versiegen anfängt.«

»Ja«, sagte Werner, um etwas darauf zu erwidern, »unser Leben wird uns für die anderen gegeben.«

Karola schaute auf, zuckte kaum merklich mit den Achseln.

»Eine merkwürdige Welt«, sprach sie vor sich hin, »die, die leben können, sollen das Leben denen geben, die nicht leben können.«

Werner antwortete nicht darauf. Diese Worte klangen ihm hart, und er sah unerträglich deutlich Rasts Gesicht vor sich, wie er in einem höflichen Lächeln seine weißen Zähne zeigte. »Für den will sie leben«, dachte er. All das machte ihn elend.

Er erhob sich, er wollte fort.

Karola begleitete ihn wie sonst auf den Flur hinaus.

»Nicht wahr, Sie kommen«, sagte sie, und dann streichelte sie, mit einer seltsam kindlichen Bewegung, seinen Rockärmel. »Sie sind gut.«

Werner ärgerte es, dass diese einfache Bewegung ihn so tief rührte. »Oh, die hat es leicht mit uns!«, dachte er ingrimmig.

Am Vormittag saß Werner an seinem Schreibtisch, und vor ihm stand Kathe, die Knechtstochter, und weinte bitterlich.

Werner hatte seine strenge Pastorenmiene aufgesetzt.

Immer das alte Lied! So lange wird den Jungen nachgelaufen, bis das Unglück da ist, und dann kommen die Tränen und der Jammer. Was, der Simon war der Vater? Und vom Heiraten spricht er nicht? Na, mit dem würde man schon sprechen! Aber die Mädchen hatten wirklich keine Aufführung. Es geschah ihnen schon recht, wenn sie ins Unglück kamen, solch eine liederliche Gesellschaft!

Kathe schluchzte: »Ach, Herr Pastor, das kommt mal so. Man hält sich, solange man kann. Es war beim Grummetmähen. Er mähte und ich harkte. Und der Abend war so warm.«

»Ein bisschen Grummetharken und ein warmer Abend«, schalt Werner, »das ist genug, damit ihr den Kopf verliert.«

»Ja!«, klagte Kathe. »Sünde ist's. Aber wer denkt denn gleich an so 'n Unglück. Es kommt einem auf, man weiß nicht wie.«

»Na ja, ich spreche schon mit dem Simon«, schloss Werner die Unterhaltung. »Das Weinen und jammern hilft nichts. Geh jetzt. Die Sache kommt schon in Ordnung.«

Kathe ging.

Werner sann. ja! Das Leben setzt unverhältnismäßig hohe Preise auf einen kleinen, guten Augenblick. Ein warmer Abend, man umfasst sich, man wirft sich auf das frisch gemähte Grummet, und dann Tränen und trübe, hässliche Sachen.

Die Tür wurde heftig aufgerissen, und Karl Pichwit stürzte in das Zimmer. Er blieb an der Tür atemlos stehen.

»Herr Pichwit«, sagte Werner, »wie sehen Sie aus? Sind Sie ohne Mantel herübergekommen?«

Pichwit stand noch immer regungslos da, die Lippen blau vor Kälte. Die Augen sahen seltsam abwesend und wie erstaunt aufgerissen vor sich hin. »Ja, Herr Pastor«, sagte er leise.

»So kommen Sie doch an den Ofen, Mann«, rief Werner, »setzen Sie sich.«

Gehorsam ging Pichwit an den Ofen und setzte sich.

Werner wartete. Er wagte nicht zu fragen.

Endlich sagte Pichwit leise und weinerlich: »Sie ist fort – mit ihm – ganz fort.«

Er schaute hilflos und ratlos zu Werner auf. Dieser wandte sich ab, ging an das Fenster und schaute auf den Hof hinaus. Ihn fror, er wunderte sich, er hatte es nicht gewusst, dass wir innerlich so frieren können. Da hörte er hinter sich einen Ton, ein Schluchzen. Er wandte sich um. Pichwit hatte beide Arme auf den Tisch und den Kopf auf die Arme gestützt und gab sich rückhaltlos einem leidenschaftlichen, kinderhaften Weinen hin. Werner ging zu ihm und strich mit der Hand sanft über Pichwits Haar. Er sagte nichts, er störte ihn nicht. Der hatte es gut! Wer auch so die Arme auf den Tisch und den Kopf auf die Arme werfen könnte und sinnlos darauflosweinen! Er setzte sich und schaute dem weinenden Pichwit zu. Dieser hob endlich seinen Kopf. Das tränenüberströmte Gesicht lächelte aus Gewohnheit sein hochmütiges Lächeln.

»Ins Ausland sind sie, hat Damkewitz dem Jakob gesagt. Bei Nacht muss er sie abgeholt haben«, berichtete er. »Um neun Uhr kam ein Brief von der Station. Ich weiß nicht, was darin stand.«

»Und er?«, fragte Werner.

»Der Baron?«, sagte Pichwit. »Er trank seinen Tee wie sonst, als ich ihn sah und tat so, als läse er die Zeitung.

Dann saß er auf seinem Stuhl und hielt die Augen geschlossen. Ich glaube nicht, dass er schlief Aber ich – ich hab' es gewusst.«

»Sie?«

»Ja – ich. Es war an einem der letzten Abende. Er schlief, sie rieb ihm das Bein. Da sagte sie zu mir – so – leise, wissen Sie: ›Pichwit, wenn ich einmal nicht hier sitze, dann müssen Sie meinen Platz einnehmen.‹ Sehen Sie, Herr Pastor, da wusste ich alles, alles; was konnte ich tun? Ganz leise hatte sie das zu mir gesagt, als ob sie mir ein Geheimnis anvertrauen wollte. Ich war seit einigen Nächten auch nicht mehr draußen im Park. Wozu? Ich glaube auch, es wäre ihr nicht recht, dass man unten steht und zu dem Turm hinaufsieht. Aber Sie, Herr Pastor, ich glaubte fest, Sie würden etwas tun.«

»Was kann ich tun«, antwortete Werner, »wem können wir denn sein Schicksal aus der Hand nehmen.«

»Ja, vielleicht ist das so«, gab Pichwit zu. »Aber ich hab' so fest auf Sie gehofft. Jetzt ist es aus. Ich bleibe natürlich in Dumala, sie hat mir ja einen Auftrag gegeben. ›Auf Sie, lieber Herr Pichwit, kann ich mich verlassen‹, sagte sie einmal. Oh ja, auf mich kann sie sich verlassen. Ja, nun werd' ich gehen. Zum Frühstück muss ich da sein.«

»Gehen Sie, Herr Pichwit«, sagte Werner. »Ich geb' Ihnen meinen Pelz, und schweigen Sie.«

Als Werner zum Mittagessen kam, war die Nachricht von Karolas Flucht schon zu Lene gedrungen. Die Baronin Huhn war am Pastorat angefahren, nur, um die Neuigkeit mitzuteilen und vielleicht welche zu hören.

Lene ereiferte sich sehr über den Fall. Sie war entrüstet. Etwas Ähnliches hätte sie dieser Frau schon zugetraut, aber das war unerhört. Den todkranken Mann zu verlassen, um mit diesem Rast durchzugehen!

Werner schob seinen Teller fort und stand vom Tische auf. »Willst du nicht essen?«, fragte Lene.

»Nein«, antwortete er, »nicht mehr essen und nicht mehr hören.« Damit ging er hinaus.

Als Lene ihm in das Wohnzimmer nachkam, hatte sie rote Backen und den eigensinnig kampflustigen Ausdruck, der anzeigte, dass sie entschlossen war, heute ihren kleinen Streit zu haben. Sie fuhr ein wenig unwirsch im Zimmer hin und her, blieb dann vor Werner stehen und begann sehr schnell und beredt zu sprechen:

»Du nimmst das übel, was ich sagte. Verzeihen ist christlich, das weiß ich auch. Aber deshalb darf man eine solche Frau nicht entschuldigen. Das ist nicht zu entschuldigen. Natürlich bin ich entrüstet. Jede anständige Frau muss in solchen Fällen entrüstet sein. Ich würde mich vor dir und mir selbst schämen, wenn ich nicht entrüstet wäre. Man hat doch auch seine Standesehre, und solch eine Frau bringt den Stand der christlichen Ehefrau in Verruf, und deshalb kann ich sagen, ich verachte diese Frau, und wenn ich auch nur eine kleine Pastorsfrau bin und sie die große Baronin von Dumala ist.«

Außer Atem hielt sie inne und sah ihren Mann an, erwartete mutig einen Zornesausbruch, ein donnerndes »Lene!«

Er schwieg aber, und als er sprach, klang es sanft und müde:

»Ach, Kind! Was wissen wir, was verstehen wir von dem, was in anderen vorgeht! Wie können wir urteilen!

Du und ich, wir leben nah beieinander. Was wissen wir voneinander? Was können wir füreinander tun? Wie die Pakete im Güterwagen, so stehen die Menschen nebeneinander. Ein jeder gut verpackt und versiegelt, mit einer Adresse. Was drin ist, weiß keines von dem anderen. Man reist eine Strecke zusammen, das ist alles, was wir wissen.«

Lene erschrak. Er sah bleich aus, und ein Zug wirklichen Leidens malte sich auf seinem Gesichte. Er tat ihr leid. Sie ging zu ihm, legte die Hand auf seine Schulter.

»Bist du krank, Erwin?«, fragte sie.

»Ich? Nein. Warum?«

»Du hast zu Mittag nichts gegessen.« Sie dachte nach. Jetzt hatte sie es.

»Hör', Erwin, ob ich dir nicht einen ganz starken, ganz süßen Grog mache?«

Werner lächelte. »Ja, Lene, mach' mir einen ganz starken, ganz süßen Grog. Das ist wenigstens noch etwas, das einer für den anderen tun kann.«

Werner hatte einige Mal in Dumala nachgefragt, jedoch den Bescheid erhalten, der Baron sei leidend und empfange nicht.

»Ein böser Anfall«, sagte Doktor Braun.

»Na, kein Wunder. Ich hätte selbst davon einen Anfall bekommen können.«

Eines Nachmittags schickte Werland in das Pastorat hinüber und ließ den Pastor bitten, doch zu ihm zu kommen.

Werner fand den Baron auf seinem gewohnten Platz am Kaminfeuer, wohl frisiert und parfümiert. Er rief dem Pastor sein gewöhnliches »Ach – unser Seelsorger!« entgegen.

Auf dem niedrigen Stühlchen zu seinen Füßen saß Pichwit und rieb ihm sein schmerzendes Bein.

»Ja«, sagte Werland, »das macht Pichwit ganz gut. Er hat eine leichte Hand. Dichter haben immer leichte Hände.«

Man sprach vom Frost, der nun endlich gekommen war und gleich mit großer Schärfe einsetzte. So lange Eiszapfen am Dach hatte man lange nicht gesehen. Der Baron erzählte von Eiszapfen früherer Jahre. Die Rehe mussten fleißig gefüttert werden. Die Hasen machten verzweifelte Anstrengungen, um an die Spitzen der jungen Bäume zu gelangen.

Zuweilen hörte man, wie draußen vom Dach ein Eiszapfen fiel und auf dem Boden zersplitterte. Als würde ein großes Glas zerschlagen, klang es.

Werland schreckte zusammen. »Kaputt«, sagte er. »Was hat er sich auch bemüht, so lang zu werden. Zu dumm!«

»Pichwit«, sagte er dann, »gehen Sie, schauen Sie nach dem Barometer. Ich rufe Sie.«

Pichwit ging hinaus.

»Guter Junge«, bemerkte Werland, ihm nachschauend.

»Ich glaubte, er litte an der sauren Liebe, aber wie es scheint, wird er milder. Ich wollte Ihnen sagen, Pastor, ich habe Nachricht erhalten, gleichviel wie. – Sie sind in Florenz. Gut! Da hab' ich nun einen Brief geschrieben. Ich will ihn nicht von hier aus auf die Post geben und ihn auch nicht selbst adressieren. Hier ist er. Adressieren Sie ihn und geben Sie ihn auf die Post.«

»Gewiss, gern«, sagte Werner und nahm den Brief entgegen.

»Ich kann Ihnen auch sagen«, fuhr Werland fort, »was in dem Brief steht. Sie werden sich vielleicht darüber wundern. Ich schreibe ihr: ›Du kannst Jeden

Augenblick zurückkommen. Nichts ist geändert, auch das Testament nicht.‹ Was? Das haben Sie nicht erwartet? Das ist neu?« Werland sah den Pastor triumphierend an. »So macht man die Sache sonst nicht. Aber sehen Sie, ich fühle mich von den Regeln der anderen entbunden, der anderen mit den Beinen. Ich bin ein Mensch ohne Beine, meine Beine zählen nicht, ein Menschenstümpfchen, warum soll ich mich an die Vorschriften der ganzen Menschen halten? Ich habe meinen eigenen Komment. Ich will, dass sie wieder da sitzt. Und sie wird kommen. Rast ist ein fuseliger Schnaps. Die Weiber kriegen von ihm schnell einen Rausch und schnell Katzenjammer. Sie wird kommen.«

Werland hielt inne, schaute in das Feuer, schaute scharf und angestrengt hinein, als betrachte er dort ein Bild.

»Sie kommt«, sprach er vor sich hin. »Sie kommt herein. Nichts von ›Verzeih' nur!‹ – ›Ich verzeih' dir!‹ Nichts Dramatisches. – ›Guten Tag, Kind. Gute Fahrt gehabt?‹ Keine taktlosen Gespräche. Und sie sitzt hier wieder, reibt nur das Bein, gießt den Tee ein, geht hier herum, wie früher. Und sie wird kommen. Also den Brief.«

Werner verbeugte sich stumm. Von nun an war nie mehr von Karola die Rede.

Werner ging oft nach Dumala hinüber. Die drei Männer saßen beisammen. Werland schlief viel, oder man sprach von dem Frost und den Rehen. Pichwit rieb das Bein des Barons. Oder man hörte schweigend zu, wie die Mäuse hinter dem Getäfel arbeiteten.

Nur wenn draußen ein Ton erwachte, schlug Werland die Augen auf und horchte. Und Pichwit hielt im Reiben inne und horchte.

»Fährt da einer?«, fragte Werland.

»Nein, nein, es ist nichts«, sagte Werner.

Die schläfrige Stille sank wieder über das Gemach.

Zuweilen stand Werner oder Pichwit auf, machte einige Schritte, um die vom Sitzen steif gewordenen Beine zu strecken, ging an das Fenster, schaute hinaus, schaute die lange Pappelallee hinab. Die Pappeln standen wie große, weiße Kristallpyramiden im hellen Mondlicht.

»Was sehen Sie da?«, fragte Werland.

»Oh – nichts, ich sehe nichts«, war die Antwort.

Eine Erkältung«, sagte Doktor Braun, »die Lunge ein wenig affiziert. Nicht schlimm vielleicht. Aber das Fieber. Wenn das Herz das nur mitmachen will. Gehen Sie mal hin, Pastor, sehen Sie sich nach ihm um. Pichwit pflegt ihn wie eine Gattin, sag' ich ihnen; na, aber immerhin eine melancholische Gattin.«

Baron Werland war krank.

Werner fand ihn in dem großen Bette fast verschwindend unter der Fülle all der Kissen. Die flackernden, blauen Augen schienen das einzig Lebendige, böse und erregt lauerten sie aus all dem Weiß heraus.

»Pastor«, sagte er, als Werner sich an sein Bett setzte, »ich bin wütend. Dieser Husten, eine ganz unsinnige Beschäftigung. Sie werden natürlich sagen, auch der Husten ist eine weise Einrichtung, der Schleim muss aus den Lungen gebracht werden. Gut! Aber wozu ist Schleim in den Lungen? Das nennen Sie Vorsehung. Ich kann nur nicht denken, dass, wenn ich Schöpfer wäre, ich mir die Zeit damit vertreiben würde, mir solche merkwürdige Kombinationen auszudenken, wie diese.«

»Wir sollen daran vielleicht Geduld lernen«, meinte Werner. Werland lachte ärgerlich.

»Na, und wenn ich sie glücklich gelernt habe, diese Geduld! Wenn ich eine Art Heiliger geworden, was dann? Als Knabe hatte ich eine Klavierlehrerin, Fräulein Mier, eine gute, alte Person. Die ließ mich das ganze Jahr hindurch Stücke üben als Überraschung zum Geburtstag der Eltern. Na, und wenn dann die Geburtstage kamen, war von den Stücken keine Rede mehr. Kein Mensch wollte sie hören. So ist's auch mit Ihren Tugendübungen. Man übt – übt – für wen?«

Er hustete, lehnte den Kopf in die Kissen zurück und schloss die Augen.

»Pastor«, sagte er mühsam, »schreiben Sie ihr – ich glaube, sie wird kommen – schreiben Sie ihr, dass ich warte –.«

»Ja – gewiss, ich will schreiben«, versprach Werner.

Werland lag eine Weile mit geschlossenen Augen still da. Plötzlich begann er zu sprechen, und zwar so, als setzte er eine Unterhaltung fort.

»Und dann, sehen Sie, das ist auch ein Argument gegen Ihre Unsterblichkeit. Wenn die so 'ne große Sache ist, und Sie sagen doch – das Leben nach dem Tode, das ist die Hauptsache –, na, da müsste man doch, wenn man ihr näherrückt, so was wie 'n Gefühl haben – ›nun kommt's‹, etwas steht bevor. Vor einem Duell, vor einem Rendezvous – vor meiner Trauung, ja, am Abend vor einer Jagd hab' ich das gehabt. jetzt – nichts davon. Die Lampe ist heruntergeschroben, immer tiefer – dann dunkel. Alles das sieht mehr nach Ende als nach Anfang aus.«

Er sprach schnell und geläufig, wie Fiebernde es tun.

»Ja!«, schloss er mit einem Seufzer. »Ich will nichts behaupten, besonders aufgelegt für eine Ewigkeit fühl' ich mich jetzt nicht.«

»Oh, die«, sagte Werner, »die gießt dann schon ganz anders leuchtkräftiges Öl in die Lampe.«

»Mag sein«, meinte Werland.

Als die Dämmerung anbrach, wurde der Kranke unruhig und verlangte, in das Kaminzimmer gebracht zu werden. Er wollte in seinem Sessel sitzen, ganz wie sonst. Pichwit musste ihm das Bein reiben.

»So – so« – sagte er, »nur keine Neuerungen.«

Allein, er fand keine rechte Ruhe.

»Pichwit«, sagte er mehrere Mal, »gehn Sie an das Fenster, schauen Sie die Allee hinab. Man kann nie wissen, wer so 'ne Allee heraufkommen kann. Nun?«

»Ich sehe nichts«, meldete Pichwit.

»Sie sehen auch nie was«, brummte Werland ärgerlich.

So saßen sie wieder und warteten, aber es war nicht nur der Schlitten, der die Allee heraufkommen sollte, auf den sie warteten, was anderes noch war es, dem sie ernst und gespannt entgegensahen.

»Der Doktor wollte kommen«, sagte der Baron.

»Ja, um zehn Uhr«, erwiderte Pichwit.

»Ein guter Mensch, der Doktor«, fuhr Werland fort, »aber er weiß wohl ebenso viel von dem, was auf dem Monde passiert –, wie von dem, was in meinem Körper vorgeht. Na, gleichviel!« Dann lachte er kräftig und herzlich. »Ich denke an die lieben Verwandten. Der Chef der Familie, der Staatssekretär, seine Tochter, die Gräfin mit den vielen Kindern und dem wenigen Gelde, und die dicke Tante Sophie mit den Zwillingen und die anderen, die werden Augen machen, wenn sie das Testament lesen. Ich seh' den Vetter Exzellenz, wie seine Nase weiß wird von traditioneller Moral. Hi – hi! So 'n Stündchen Leben nach dem Tode könnte man sich wünschen, nur, um das anzusehen.« Er konnte sich lange nicht darüber beruhigen, er fing wieder von neuem darüber zu lachen an.

Als Jakob den Tee brachte, sah Werland ihn streng an und sagte: »Jakob, du hast mich heute nicht frisiert.«

»Nein, Herr Baron«, erwiderte Jakob, »wir haben uns heute nicht frisiert. Der Herr Baron waren müde, da dachte ich – –«

Der Baron schüttelte missbilligend den Kopf-.

»Ich lieb' es nicht, wenn Diener denken. Mir fehlt etwas, wenn ich nicht frisiert bin – etwas an Haltung.

Also, holen wir's nach. Es könnte ja auch noch jemand kommen, schon für die Herren hier ist es eine Unhöflichkeit, wenn ich so dasitze.«

»Sie sollten heute eine Ausnahme machen«, redete Werner ihm zu, »es ermüdet Sie – und schließlich –«

Aber Werland unterbrach ihn:

»Lieber Pastor, manche haben den Tag über ein Gefühl der inneren Unordnung, wenn sie am Morgen nicht ihre Andacht abgehalten haben. So hör' ich. Ich hab' ein Gefühl innerer Unordnung, wenn ich nicht frisiert bin. Das ist individuell. Also Jakob, vorwärts. Die Herren werden entschuldigen, wenn wir's hier vor ihnen vornehmen.«

Jakob brachte einen Spiegel und stellte ihn vor den Kranken hin, auf jeder Seite wurde eine Kerze angezündet, und Jakob begann ihn zu frisieren, wusch den Kopf mit Haarwasser und bog mit der Brennschere vorsichtig die Löckchen ein.

Aufmerksam schaute Werland in den Spiegel, folgte dem Vorgang, studierte das gespenstisch-bleiche Gesicht, das ihm aus dem Glase entgegensah.

Keiner sprach ein Wort.

Plötzlich lehnte der Baron sich in den Stuhl zurück und atmete kurz und schnell: »Ich weiß – nicht –«, brachte er mit Anstrengung heraus, »mir ist so – ich seh' im Spiegel nichts mehr.«

Dann sank er ganz in sich zusammen.

»Er stirbt«, sagte Werner, der sich über ihn beugte.

»Seine Exzellenz lassen den Herrn Pastor bitten, zum Diner herüberzukommen, es sei manches zu besprechen«, meldete Jakob im Pastorat.

»Die Exzellenz?«, fragte Werner.

»Ja, die Exzellenz ist da«, berichtete Jakob, »und der Herr Graf und die Frau Gräfin mit den Kindern, und die Frau Baronin mit den Kindern, und die Herren Leutnants – alle sind da. Das ist bei uns jetzt ein Leben –, mein Gott! «

Ein Seufzer unterbrach die korrekte Dienerstimme, die zu zittern begann.

»Gut, gut! Ich komme«, sagte Werner, »das geht vorüber, Jakob, noch einen Tag.«

»Ja, Herr Pastor, man tut, was man kann«, meinte Jakob weinerlich. »Leicht ist es nicht, besonders mit den Kindern der Frau Gräfin.«

Als Werner den Flur von Dumala betrat, hörte er hohe, ein wenig kreischende Kinderstimmen und laufende Schritte die Zimmerflucht entlang. Es schien eine Art Lauf- und Fangspiel im Gange zu sein. Dann eine scharfe, scheltende Frauenstimme und tiefe Stille.

Im großen Saal empfing die Gräfin Gleiß, die Tochter des Staatssekretärs, den Pastor. Lang und hager in ihrem schwarzen Trauerkleide, hatte sie viel blondes Haar über ihrem Scheitel aufgebaut, das Gesicht war spitz und die Haut von den vielen Wochenbetten verdorben.

»Es freut mich sehr, Herr Pastor, Ihre Bekanntschaft zu machen. Bitte, Platz zu nehmen.«

Sie war ganz Hausfrau.

»Sie wunderten sich vielleicht über den Lärm eben? Ja – eben Kinder! Es ist für die Kinder schwer, immer still zu sitzen, nicht wahr? Etwas Bewegung müssen sie haben. Besonders Lola – meine dritte –, eigentlich Melani, wenn die nicht ihre Bewegung hat, gleich ist etwas mit dem Magen nicht in Ordnung. Aber natürlich, es darf nicht vergessen werden, dass die teure Hülle noch unter uns wellt.«

Die Gräfin wurde ernst und betrübt: »Ja, er hat es nicht leicht gehabt, der Verstorbene. Noch zuletzt die bittere Erfahrung. Ich glaube fest, das hat ihm das Herz gebrochen.«

Wieder erhoben sich die ausgelassenen Kinderstimmen, und die Schar stürzte herein.

»Still – Kinder«, rief die Gräfin, »das geht nicht. Mademoiselle«, – wandte sie sich an ein junges Mädchen mit hübschem Gassenbubengesicht unter wirrem rotem Haar, »bedenken Sie doch, *c'est une maison mortuaire*. Kommt, gebt die Hand.«

Drei blonde kleine Mädchen und zwei blonde Buben traten an und reichten Werner die Hand.

Alle hatten erhitzte Wangen, ungeordnetes Haar und eine unwiderstehliche Lust, zu lachen.

»Und hier, Mademoiselle Pin«, stellte die Gräfin das rothaarige junge Mädchen vor. »So geht, benehmt euch gut. Denkt, der arme tote Onkel liegt dort nebenan.«

Die Schar stürzte ab.

»Kinder eben«, sagte die Gräfin und schaute ihnen gerührt nach.

Da kam die Exzellenz, klein, mit einem weißen Mausegesicht, das schöne, silbergraue Haar war über den Ohren zu kleinen, gewundenen Kuchen aufgedreht. Die Exzellenz war zeremoniös und feierlich.

»Ich freue mich, Herr Pastor, obgleich der Anlass, der uns zusammenführt, traurig ist.«

»Ich überlasse die Herren ihren Geschäften«, sagte die Gräfin und verschwand.

»Ja, Geschäfte«, begann die Exzellenz. »Eigentlich Geschäfte kann man das nicht nennen. Es handelt sich hier mehr um ein ..., wie soll ich sagen?«, die Exzellenz klemmte sich ein Glas in das linke Auge, um schärfer zu denken, »um eine Orientierung. Sie, Herr Pastor, haben mit dem Verstorbenen intim verkehrt. Er hatte Vertrauen zu Ihnen, natürlich. Ist Ihnen vielleicht etwas über seine letzten Bestimmungen oder vielmehr über eine in letzter Zeit vorgenommene Änderung seiner letzten Bestimmungen bekannt?«

Werner zuckte leicht die Achseln. »Von einer Änderung ist mir nichts bekannt, Exzellenz.«

»So!«, fuhr die Exzellenz in höflichem Verhörton fort, »der Notar, der Anwalt – ist in letzter Zeit nicht hier gewesen?«

Werner hatte nichts bemerkt.

»So!« Die Exzellenz nahm das Monokel aus dem Auge und wurde vertraulich, legte seine Hand auf Werners Arm: »Sehen Sie, Herr Pastor, es handelt sich nämlich darum: der Verstorbene, als der Letzte der Dumalaschen Linie, hat das Recht, keine glückliche Bestimmung übrigens, seiner Witwe das Gut zum

Fruchtgenuss für ihre Lebenszeit zu hinterlassen. Bon! Nach den bedauerlichen Ereignissen in dieser Ehe ist es nicht anzunehmen, dass mein verstorbener Vetter die Unvorsichtigkeit begangen hätte, hier gewisse Bestimmungen seines Testamentes nicht zu ändern. Nun denken Sie sich, Herr Pastor, auch für Sie, für die Gegend hier, welch ein Skandal, diese Dame als Gutsherrin.«

Werner machte eine bedauernde Bewegung. »Wie gesagt, Exzellenz, ich habe nichts bemerkt. In diese Sachen mich zu mischen, war wohl auch nicht meines Amtes.«

»Doch, doch«, sagte die Exzellenz ermahnend. »Unsere Gesellschaft – unsere, bitte – steht denn doch glücklicherweise noch auf dem Standpunkt, dass der Pastor überall mitsprechen darf«

»Ich bedaure«, wiederholte Werner. »Ich kann nur sagen, dass in letzter Zeit eine Änderung im Testament nicht vorgenommen wurde.«

Die Exzellenz fand das sehr bedenklich. Als der Schwiegersohn, der Graf Gleiß, kam, blond, als hätte er kein Haar, mit einem Mädchenteint und langem, goldenem Backenbart, rief sein Schwiegervater ihm entgegen:

»Der Pastor weiß nichts von einer Testamentsänderung!«

Der Graf strich bedächtig seinen goldenen Bart.

»Bedauerlich«, meinte er, »der verstorbene Onkel liebte es allerdings von jeher, ein wenig zu necken. «

»Necken«, protestierte die Exzellenz. »Ernste Familienangelegenheiten sind doch kein Gegenstand für Neckereien. Der Verstorbene wusste gewiss, was er dem Namen Werland schuldig war. Wir sind bereit, sehr – *large* gegen die betreffende Dame zu sein, aber Dumala – Dumala muss rein bleiben.«

»Müsste«, sagte der Graf

»Muss«, wiederholte die Exzellenz.

Man ging zum Essen. Im Speisesaal war eine sehr lange Tafel gedeckt, und aus allen Türen strömten Werlands heran.

Oben an der Tafel saß die Baronin Sophie aus Pehwicken. Sie hatte die Fettsucht und nahm die ganze Schmalseite des Tisches ein. Der Leutnant Emmerich von den Basserowschen, der ziemlich ungezogen war, nannte sie: »die Tanten Sophie«, weil sie für eine Tante zu viel sei. Dann kamen die Kinder des Grafen, die Zwillinge der Tante Sophie, fette, sechzehnjährige Mädchen, denen dicke blonde Zöpfe über den Rücken niederhingen, und die zwei Dragonerleutnants und Mademoiselle Pin. Das schwirrte alles heran. Die Kinder stritten sich um die Plätze. Leutnant Emmerich sah sich die Etiketten der Weinflaschen an, wie im Hotel.

Die Exzellenz leitete oben am Tisch die Unterhaltung. Sie sprach von der ökonomischen Lage der Gegend. Der Wald musste besser verwertet werden.

»Ich würde den alten Flügel einreißen lassen«, sagte die Baronin Sophie.

Die Exzellenz glaubte, gewisse historische Erinnerungen müssten vielleicht respektiert werden.

»Gott!«, meinte der Graf, »historische Erinnerungen sind meist kompromittierend.«

»Und unpassend«, fügte die Baronin Sophie hinzu.

»Ein Werland fiel bei Zorndorf, das ist auch eine historische Erinnerung«, sagte die Exzellenz streng.

Als der alte Rheinwein kam, klingelte die Exzellenz an das Glas und machte ein trauriges und feierliches Gesicht. »Ich denke, wir trinken auf das Angedenken unseres verstorbenen Vetters ein stilles Glas.«

Unter tiefer Stille nippte ein jeder an seinem Glase – nur eine der Zwillinge musste mit dem Lachen kämpfen und verschluckte sich dabei. Leutnant Emmerich wollte sie auf den Rücken klopfen, was sie nicht duldete. So gab es Streit.

»Ich bitte doch um ein wenig Ruhe«, sagte die Exzellenz traurig.

Plötzlich erhob sich unten am Tisch eine Kinderstimme und rief laut in die Gesellschaft hinein: »Meiner – teuren Karola.«

Es war Lola, die einen silbernen Serviettenring in der Hand hielt und triumphierend diesen Satz darauf las.

»*Quittez la table*«, sagte die Gräfin.

Die Exzellenz schüttelte den Kopf, warum man auch solche Dinge den Kindern in die Hände gab.

Nach dem Essen saß man im Saal beisammen und sprach von den Umbauten, die das Schloss nötig hatte. Nebenan spielte die Jugend Gesellschaftsspiele. Lautes Lachen füllte die Räume von Dumala.

Lola steckte einmal den Kopf durch die Tür und meldete: »Eben hat Vetter Emmerich Mademoiselle geküsst.«

»Dieses Kind ist unmöglich –«, sagte die Exzellenz.

Die Gräfin errötete und meinte, dieses Mal sei wohl nicht das Kind – das Unmögliche.

»Warum gehen sie nicht schlafen?«, fragte die Baronin Sophie.

»Weil sie sich fürchten, an der Tür vorüberzugehen, hinter der der Verstorbene liegt«, war die Antwort.

»Sie werden wohl unseren Verstorbenen sehen wollen, Herr Pastor?«, fragte die Exzellenz.

Sie gingen in das Kaminzimmer, wo der Tote aufgebahrt lag. Im Vorzimmer saßen die Zwillinge eng aneinandergedrängt an einem kleinen Tisch und schrieben ihre Tagebücher, um den Eindruck der Lebenslage ganz frisch aufzufangen.

Werland lag in seinem Sarge, hell von den hohen Wachskerzen beschienen, schmal und gerade in seinem Gesellschaftsanzuge, eine Gardenia im Knopfloch. Das Gesicht schien kleiner geworden, wie zusammengezogen, um die Augen viele Fältchen, die ihm ein fast schalkhaftes Aussehen verliehen.

Die Exzellenz beugte den Kopf im Gebet.

»Wie friedlich er ruht«, flüsterte die Gräfin. »Die Blumen haben wir aus Berlin kommen lassen.«

Eine Welle standen sie und schauten den Toten an, der sehr korrekt vor ihnen lag und aus der Menge südlicher Frühlingsblumen mit dem kleinen, schadenfrohen Gesicht hervorlugte. Dann gingen sie hinaus.

Im Vorzimmer stand Lola und weinte. Um ihr Pfand auszulösen, musste sie bis zur Tür des Totenzimmers gehen und einen Knicks machen, und nun fürchtete sie sich und wollte nicht.

Die Gräfin seufzte: es war schwer mit den Kindern! Sie waren nicht zu Bett zu bringen. Alle fürchteten sich – wegen des Toten!

Werner verabschiedete sich.

Im Flur stieß er auf den Leutnant Emmerich und Mademoiselle Pin, die sehr nahe beieinander gestanden haben mussten und jetzt erschrocken auseinanderstoben.

Als Werner in die klare Winternacht hinaustrat, fand er Karl Pichwit vor dem Schlosse stehen. Den Kopf auf die Schulter geneigt, schaute er dem Monde ins Gesicht.

»Herr Pastor«, sagte er, »ich habe hier auf Sie gewartet. Jakob sagte mir, dass Sie da seien. Dort zu den Leuten mag ich nicht hinuntergehen. Ich reise morgen ab. Was soll ich hier? Das Begräbnis – Gott! Ein Begräbnis hat ja keine Bedeutung. Und sie, wenn sie kommt, das ist doch jetzt alles ganz anders. Es kommt ja überhaupt alles anders, als man denkt. Ich glaubte, es würde etwas geschehen – ich – ich würde vielleicht etwas tun –. Aber nein, ich reise nur ab, -nur das.«

Werner legte seine Hand auf Pichwits Schulter und sagte:

»Ja, Karl Pichwit, gehen Sie. Sie sind jung. Man muss nicht zögern, das Blatt im Buche umzuwenden, wenn es zu Ende scheint. Und in Ihrem Buche kann noch soviel stehen, – recht viel Gutes – hoffe ich und wünsche es Ihnen.«

»Danke, Herr Pastor«, erwiderte Pichwit. »Ich werde noch ein wenig zu dem Baron hineingehen. Seltsam, ich hab' immer das Gefühl, als warte er auf mich, damit ich ihm das Bein reibe. Leben Sie wohl, Herr Pastor.«

»Leben Sie wohl, Pichwit!«

Unter hellem Sonnenschein, durch das weiße, knisternde Land, trugen die Waldhüter von Dumala den Baron Werland zum kleinen Friedhof in sein Familiengrab hinüber.

In Schleier und Pelze gehüllt folgten die Verwandten dem Sarge, eine schwarze, stille Schar, während die Bauern sich um den Friedhof versammelten, sehr bunt in ihren Sonntagskleidern auf dem grell beschienenen Schnee.

Werner stand am Grabe und hielt die Rede.

Was sollte er von diesem Leben sagen, das sich und anderen so unverständlich gewesen war? Er sprach daher die altbewährten Worte, von denen die Kirche Jahrhunderte hindurch einen so schönen Schatz aufgehäuft hat. Mit guten, allgemeinen, kühlen Worten wurde der kleine, gut frisierte Herr in die Nische seines Familiengrabes eingemauert.

Die Sonne beschien hell die Menschenmenge, die sich jenseits der Friedhofsmauer angesammelt hatte, sie ließ die farbigen Tücher lustig leuchten, spiegelte sich in den Glatzen der alten Männer.

Es fror. Die Exzellenz stand ganz vorn am Grabe und wechselte häufig das Stehbein und steckte die Nase fast ganz in den seidenen Schal. Die Gräfin legte dem einen oder dem anderen der Kinder ein Tuch um die Schultern. Alle warteten ungeduldig auf das Ende.

Plötzlich bemerkte Werner eine Unruhe in der Versammlung. Die Leute schauten sich um. Die Trauernden am Sarg rückten scheu zur Seite. Es wurde geflüstert. Die Gräfin sah ihren Vater an und schüttelte traurig den Kopf Sie winkte ihre Kinder nah an sich heran.

Karola stand da vor dem Sarge. Langsam war sie den Weg zwischen den Gräbern hinabgegangen bis zu der Gruft. Nun stand sie da in schwarze Schleier gehüllt, schlank und aufrecht.

Werners Stimme hatte einen Augenblick gezögert, Jetzt eilte er dem Ende seiner Rede zu.

Karola blieb regungslos stehen, auch als das Grab geschlossen worden war.

Alles drängte dem Ausgang zu.

Die Exzellenz reichte Werner die Hand.

»Ich danke, Herr Pastor; unerhörter Zwischenfall, nicht wahr?« Damit eilte sie fort.

Um Karola, die noch immer am Grabe stand, war alles leer geworden.

Werner trat an sie heran.

»Er hätte sich darüber gefreut, dass Sie gekommen sind, Frau Baronin«, sagte er.

Karola schlug den Schleier zurück. Sie war bleich, aber sonst ganz unverändert, schien es Werner. Sie reichte ihm in ihrer kameradschaftlichen Art die Hand.

»Hat er gewartet?«, fragte sie.

»Ja, er hat gewartet.«

»Litt er zuletzt?«

»Nein, ich glaube es nicht.«

Sie gingen nun nebeneinander die Wege zwischen den Gräbern hin.

»Ich bleibe jetzt hier«, sagte Karola. »Das hat er wohl gewollt.«

»Das würde er wohl gewünscht haben«, bestätigte Werner.

»*Où sont les enfants?*«, hörte man die scharfe Stimme der Gräfin. »So komm doch! Was stehst du?«

Lola stand auf dem Wege und starrte Karola an. Aber die Gräfin lief heran, nahm das Kind, aufgeregt wie eine Glucke, die ihre Brut in Gefahr sieht.

Karola lächelte.

»Sie sehen«, sagte sie, »keine Gefahr, dass ich hier vielen Menschen auf meinem Wege begegne. Die Einsamkeit hat mich wieder eingefangen. So ist es mir immer gegangen. Ich habe mich gegen sie zuweilen auflehnen wollen, aber sie fängt mich immer wieder ein. Schließlich werd' ich mich mit ihr befreunden müssen. Vielleicht ist das so etwas, das Sie Buße nennen.«

Sie sah Werner an und dieser dachte: Das Wort Buße ist wohl noch nie mit diesem Lächeln ausgesprochen worden.

»Kann ich Ihnen, Frau Baronin, in etwas behilflich sein«, fragte er.

Karola schaute nachdenklich in die Sonne.

»Ich danke. Ich weiß nicht. Allein sein, das ist wohl meine Bestimmung. Für das Zusammengehen muss ich kein Talent haben. Entweder tu ich den anderen weh, oder sie tun mir weh. Vielleicht braucht das nicht zu sein.«

Sie reichte ihm die Hand. »Adieu, Herr Pastor.« Sie schaute den Weg hinab, auf dem die schwarze Schar der Verwandten dem Schlosse zuzog. Sie lächelte. »Wie sie ziehen! Gehasst zu werden, das ist für mich etwas ganz Neues.«

Dann ging sie mit wehenden Schleiern zwischen den weißen Grabsteinen hin, dem Ausgang zu.

Es war am ersten Weihnachtstage. Pastor Werner musste gleich nach dem Gottesdienst zu dem fernen Waldfriedhof hinüberfahren.

Kathe, die Knechtstochter, war infolge einer Frühgeburt gestorben. Das Grummetharken mit dem Simon an jenem warmen Abend hatte sie mit dem höchsten Preis bezahlt.

Schweres Nachmittagslicht lag schon über der weißen Glaswelt, als Werner heimfuhr.

Er musste dicht am Schlosse Dumala vorüber.

Auf der hohen Freitreppe unter dem grauen Portal stand Karola, eine stille, schwarze Gestalt. Sie schützte die Augen mit der Hand und schaute die Allee hinab. Werner grüßte hinauf, und sie grüßte zu ihm hinunter.

Er fuhr weiter. Wenn er zurückschaute, sah er noch die schwarze Gestalt unter dem grauen Portal stehen, von der Abendsonne angeleuchtet.

Seltsam, dachte Werner, da glaubt man, man sei mit einem anderen schmerzhaft fest verbunden, sei ihm ganz nah, und dann geht ein jeder seinen Weg und weiß nicht, was in dem anderen vorgegangen ist. Höchstens grüßt einer den anderen aus seiner Einsamkeit heraus!